Andrea Fürthaller

Mörderisches Linz

11 Kriminalkurzgeschichten

Herramhof Verlag

1. Auflage 2019

Text: Andrea Fürthaller, MSc
Lektorat: Margit Sulzer
Coverfoto: Mag. Stephan Weigl
Fotos im Buch: Ernst Fürthaller, MSc
Druck: Plöchl Druck GmbH, Freistadt

Gedruckt mit 100% Ökostrom und mineralölfreien Druckfarben
auf chlorfrei gebleichtem Papier.

Verlag: Herramhof Verlag

ISBN: 978-3-903147-10-2

Inhaltsverzeichnis

WINTERSCHIFFFAHRT

Das Internet war einfach genial. Einen Mann zu finden, kein Problem. Einen verheirateten Mann, noch leichter. Im Netz tummelten sich unzählige davon. Ein schnelles Abenteuer. Ein Seitensprung. Viele Frauen im Netz. Auf Partnersuche.

Das nächste Date war fällig. Zwei Monate war es bereits her, dass sie sich das letzte Mal mit jemandem getroffen hatte.

Ein besonderer Mann musste er sein. Intelligent, gutaussehend, charmant und witzig. Und verheiratet sollte er sein. Musste er sein.

Es dauerte nicht lange. Schnell war er gefunden. Einer, der sich selbst als „lebenslustig", „charmant" und „gut situiert" bezeichnete.

Und sicherlich verheiratet, was er natürlich nicht zugeben würde, aber offensichtlich war. Er bevorzuge diskrete Treffen ohne Verpflichtungen. Zumindest legte er sein Anliegen offen. Fast zu ehrlich. Sybille hatte schon ganz andere erlebt. Solche, die treuherzig behaupteten, alleinstehend und einsam zu sein. Auf der Suche nach der Frau ihres Lebens. Nur, dass die bereits zu Hause wartete. Und keine Ahnung hatte, was der treue Gatte so trieb, wenn er spät abends angeblich noch bei Konferenzen und Kundengesprächen war. Und schließlich todmüde nach Hause zur geliebten Gattin kam. Die ihn dann umsorgte und ihren überarbeiteten Ehemann hegte und pflegte.

Sybille surfte durchs Netz. Und blieb doch bei ihm hängen. Er war es. Das nächste Date. Er nannte sich Hans. Bei ihrem ersten Treffen wollte er ihr seinen richtigen Vornamen verraten. Jetzt noch nicht.

Sie nannte sich Sarah. Und würde ihm ihren richtigen Vornamen bei ihrem Treffen natürlich nicht verraten.

Es war kalt. Sehr kalt. Ein grauer Wintertag. Hoffentlich fuhr das Schiff heute überhaupt. Wenn sich keine Passagiere fanden, fiel das Date ins Wasser. In einem Café würde sie ihn nicht treffen. Nur am Schiff. Das hatte sie ihm klar gemacht. Entweder am Schiff oder heute eben nicht. Eine Fahrt auf der Donau, an einem Wintertag. Was gab es Besseres? Die Donau nicht blau, nicht grün, sondern grau heute. Und sehr kalt. Winter eben. Aber auf dem Schiff gab es ein Restaurant, und dort war es sicherlich angenehm warm.

Ein gutes Glas Wein, eine Kleinigkeit zu essen und die Aussicht auf die Donau mit der Landschaft rechts und links des Ufers. Ein Mann und eine Frau. Er verheiratet und auf der Suche nach einem Abenteuer. Ausbruch aus der Ehe. Nur für kurze Zeit. Würde sie es erfahren, ihre Welt würde zusammenbrechen. Niemals würde sie ihm so etwas zutrauen. Für ihn gab es nur eine. Die Ehefrau. Glaubte sie.

In Gedanken an sein mögliches Leben stieg Sybille in ihr Auto und fuhr zur Anlegestelle. Kurz hielt sie an. Fast direkt vor dem Kunstmuseum Lentos. Sie konnte das Schiff sehen, es lag vor Anker.

War beleuchtet, an diesem trüben, kalten Wintertag. Es schien, als ob es mit der Ausflugsfahrt klappen würde.

Sie bog ab und fuhr die Donaulände zurück. Sie würde weder in der Tiefgarage des Lentos parken noch entlang der Straße. Sie wollte nicht, dass er sah, aus welchem Auto sie stieg. Oder sonst irgendjemand. Sie fuhr in die Dametzstraße und parkte in einer großen Tiefgarage. Im Zentrum, dort wo die Menschen parkten, wenn sie einkaufen gingen, entlang der Landstraße mit den vielen Geschäften.

Zu Fuß war sie in knapp zehn Minuten an der Anlegestelle. Ein kleiner Spaziergang, gerade richtig, um einen klaren Kopf für das Treffen zu bekommen.

Entspannt kam sie an. War ganz ruhig. Hielt sich gerade. Das machte einen selbstbewussten Eindruck. Klarer Blick und starke Ausstrahlung. Alles war möglich heute. Sie trug einen hellen Webpelzmantel, fast konnte man meinen, es wäre ein echtes Tier dafür gestorben. So elegant. Und teuer. So etwas lohnte sich immer. Heute war sie blond mit feinen rötlichen Strähnen, glänzend und lang fiel ihr Haar über den Mantel. Schwarze enge Hose und Stiefel mit hohen Absätzen. Sie würde vorsichtig sein müssen, auf dem Schiff, auf den Stufen, die aufs Deck führten. Aber sie war gewöhnt daran, in hohen Stöckelschuhen zu laufen, bei jedem Wetter.

Nur wenige Menschen wollten heute eine Schifffahrt unternehmen. Touristen, die einen kurzen Zwischenstopp in Linz eingelegt hatten und jetzt noch etwas von der Donau sehen wollten. Sie löste ein Ticket und ging an Bord.

Sie würden sich finden. Und so tun, als ob sie sich gerade kennenlernen würden. Den Reiz des Neuen, des Unbekannten. Das wollten sie beide. Das war der Sinn der Sache. Bei ihm auf jeden Fall.

Nur eine kurze Beschreibung hatten sie sich gegeben. Sie blond, mit langen Haaren. Er groß, dunkelhaarig und mit schwarzem Mantel aus Wollstoff. Beide allein. Natürlich. Bei den wenigen Menschen hier würde die Spannung nicht lange halten. Sie würden sich schnell finden. Die Auswahl war nicht groß.

Sie ging an Deck und lehnte sich an die Reling. Blickte aufs Wasser. Eine grauenhafte Vorstellung, hier in die

Donau zu fallen. Sybille schüttelte sich. Sie hasste Wasser. Mochte weder das Meer noch einen See. Blieb immer im Trockenen. Auch bei dreißig Grad im Schatten.

Sie spazierte ans andere Ende des Schiffes. Ein paar Touristen bestaunten das Kunstmuseum am Ufer und unterhielten sich in einer Sprache, die klang, als würde sie im Süden von Europa gesprochen. Sie hörte kaum hin. Ging weiter. Öffnete die Türe zum Restaurant. Ein dunkelhaariger Mann saß allein an einem Tisch. Blickte nicht auf. Starrte aufs Wasser. Er war es nicht. Konnte es nicht sein. Suchte offensichtlich nicht nach ihr. Erwartete niemanden.

Sie schloss die Türe. Blieb an Deck. Dann legte das Schiff ab und der Kapitän begrüßte seine wenigen Passagiere.

Sie hörte kaum zu. Sah sich um. Niemand, auf den seine Beschreibung passen würde, war zu sehen. Hatte er sie versetzt? Einen Spaß mit ihr gemacht? Würde er zu Hause sitzen und sich halb totlachen bei der Vorstellung, wie sie hier in der Kälte auf einem fast leeren Donauschiff stand?

Die Vorstellung war unglaublich. Nochmals ging sie von einem Ende des Schiffes zum anderen. Begegnete noch einmal den Touristen, die das gleiche wie sie taten. Nur mit dem Ziel, anschließend die Türe zum geheizten Restaurant zu öffnen und dort zu verschwinden. Jetzt war sie allein. Blickte wieder aufs Wasser. Sie war nun überzeugt, dass er nicht gekommen war. Drehte sich um, wollte ins Warme. Einen Tee mit Rum trinken. Das Treffen einfach vergessen.

Und dann stand er vor ihr. Groß. Dunkelhaarig. Gutaussehend. Dunkler Mantel. Zwar kein Wollstoff, aber dunkel und ein Mantel. Schüchtern lächelte er sie an. „Kalt ist es hier." Er sprach leise. Sie antwortete ebenso leise: „Ja, wirklich kalt. Fast zu kalt für eine Fahrt mit einem Schiff." Er lachte. „Eine interessante Idee für so einen Tag!" Sie nickte. Er musste es sein. „Wenn Sie erlauben, würde ich Sie gerne auf einen Kaffee einladen", „Gerne". Sybille war beruhigt. Er war es.

Sie taten so, als ob sie sich nicht kennen würden, was eigentlich auch stimmte und sie machten es so, wie Sybille ihm auf dieser Internetplattform geschrieben hatte. Es musste so sein, als ob sie sich gerade kennenlernen würden und sich nie vorher im Internet begegnet wären.

Er nannte sich Maurice. Den Namen Hans erwähnte er nicht mehr. Maurice. Ungewöhnlicher Name für einen Österreicher. Auf ihre Frage lächelte er und antwortete: „Ich bin in Frankreich geboren, mein Vater ist Franzose, meine Mutter Österreicherin." Sie nickte. Nette Erklärung. Niemals hieß er im richtigen Namen Maurice. Aber das war auch gar nicht wichtig. Auch sie nannte ihm ihren richtigen Namen nicht. Heute hieß sie Lara. „Ein schöner Name", fand er. Und sah ihr dabei in die Augen. Verwirrt wandte sie sich ab. Wenn sie es nicht besser wüsste, würde sie ihn für ehrlich halten. „Was machen Sie in Linz?", fragte sie. „Ich bin hier auf Geschäftsreise. Heute ist ein Termin ausgefallen und ich wollte den Nachmittag nicht im Hotel verbringen. Das mit der Fahrt auf dem Schiff war eine spontane Idee." Natürlich. Sehr spontan. „Und Sie?" Fragend sah er sie an. „Ich komme aus Villach und sehe mir Linz an. Hatte die spontane Idee, eine Fahrt mit einem Donauschiff zu machen." „Das nennt man wahrscheinlich Glückstreffer. Zwei gestrandete Menschen hier in der Stadt. Beide allein. Und beide hatten wir die gleiche Idee." Er war ihr sympathisch, sehr sogar. „Was machen Sie beruflich? Wenn ich das fragen darf?" Er sah ihr in die Augen. „Ich bin Innenarchitektin." „Klingt interessant." Sie winkte ab. „Nichts Außergewöhnliches." Sie wollte nicht weiter darauf eingehen. Er spürte es. War einfühlsam und lenkte das Thema auf die Stadt, in der sie scheinbar beide nicht zu Hause waren. „Tolle Stadt. Ich bin bereits das dritte Mal hier. Kulturell ist hier ziemlich was los. Waren Sie schon einmal im Musiktheater?" Sie nickte. Er trug keinen Ring. Typisch. Der Ehering wurde immer rechtzeitig vor dem Date abgelegt.

Sie plauderten noch einige Zeit so weiter. Smalltalk.

Er wollte wissen, in welchem Hotel sie wohnte. Sie nannte ihm eines der Viersternehäuser von Linz.

Glücklicherweise wohnte er in einem anderen. Wenn das überhaupt stimmte. Egal. Sie bestellten noch heißen Tee mit Rum. Die Touristen aus Südeuropa lachten und unterhielten sich lautstark an einem der hinteren Tische. Sie beachteten die blonde Frau und den dunkelhaarigen Mann nicht.

Maurice entschuldigte sich kurz und verließ den Raum. Ihre Chance. Vielleicht die einzige heute.

Es tat ihr leid um das, was sie nun tun würde. Er gefiel ihr. Und sie könnte ihm vielleicht sogar glauben, dass er wirklich an ihr interessiert war. Doch diese Gedanken durften sich nicht in ihr breitmachen. Sie würde solche Gefühle nicht zulassen!

Schnell zog sie ein kleines Fläschchen aus ihrer Tasche und ließ blitzschnell einige Tropfen der Flüssigkeit in seinen Tee fallen. Drehte sich um. Niemand beachtete sie. Die Touristen waren damit beschäftigt sich über etwas zu unterhalten, was sie anscheinend alle sehr lustig fanden.

Kaum war das Fläschchen wieder in ihrer Handtasche verschwunden, stand er vor ihr. Setzte sich und nahm einen großen Schluck aus der Teetasse.

Es dauerte einige Minuten bis er müde wurde. Sie beobachtete ihn ganz genau. Endlich war es soweit.

Er musste an die frische Luft: „Es ist mir sehr unangenehm, aber ich fühle mich nicht gut.“ Seine Stimme klang bereits etwas undeutlich. Sie stützte ihn. Wieder beachtete sie niemand, als sie ihn nach draußen führte. Er schwankte nun bereits deutlich. Wirkte jedoch so, als ob etwas zu viel Rum im Tee gewesen wäre. Schnell hatte sie noch einen Geldschein auf den Tisch gelegt, sie wollte schließlich nicht von der Bedienung draußen zum Zahlen aufgefordert werden.

Sie zerrte ihn zur Reling. „Die frische Luft wird Ihnen guttun“, säuselte sie ihm ins Ohr. Er konnte nicht mehr antworten, war bereits so weggetreten, dass sie ihn ans Geländer lehnen musste, damit er nicht umfiel.

Sie sah ihm noch einmal in die Augen, und gleich darauf spritzte Wasser auf die Bordwand. Die unzähligen Trainingseinheiten im Fitness-Studio machten sich bezahlt, sie hatte genügend Kraft. Lautlos ging er unter und verschwand in der grauen Donau. Sie holte das Fläschchen mit der Flüssigkeit aus ihrer Tasche und warf es hinterher.

Dann spazierte sie ans andere Ende des Schiffes und schaute aufs Wasser. Den wenigen Menschen, die an ihr vorbeigingen, zeigte sie ihr Gesicht nicht.

Das Schiff legte an. Der Kapitän verabschiedete seine Passagiere. Sie ging über den Landungssteg und betrat wieder Festland.

Kaum stand sie an der Anlegestelle, kam jemand auf sie zu.

Ein großer, gutaussehender, dunkelhaariger Mann. Er trug einen schwarzen Mantel aus Wollstoff. „Sarah? Ich bin Hans. Ich hatte eine Autopanne. Es tut mir so leid, dass ich das Schiff verpasst habe. Können Sie mir verzeihen?“

TOD AM BERG

Die Sonne brannte vom Himmel, und die Basilika strahlte in ihrer ganzen Pracht am höchsten Punkt des Pöstlingbergs. Quietschend fuhr die Garnitur der Pöstlingbergbahn in die letzte Haltestelle ein und spuckte kurz darauf eine Traube von Menschen aus. Leicht bekleidet, manche in kurzen Hosen, Minikleidern, ärmellosen Shirts, Turnschuhen oder Sandalen. Die Hitze ließ die Menschen vergessen, dass es so etwas wie ordentliche Kleidung gab. Es war immer das Gleiche, jeden Sommer. Wiederholte sich Jahr für Jahr. Die Touristen, darunter auch Besucher aus der umliegenden Gegend, sogar Linzer, die einen Ausflug auf ihren Hausberg machten, strömten leicht bekleidet in die Basilika. Es war nicht so wie beispielsweise im Dom von Pisa. Dort, in der Toskana ließ man Menschen, die ärmellos gekleidet in die Kirche wollten, erst gar nicht hinein. Besser gesagt, man stellte ihnen Umhänge aus hässlichem grünem Vlies zur Verfügung und nur so durften sie in den Dom. Darin sahen sie dann aus wie Marsmenschen, die sich nach Italien verirrt hatten. So etwas gab es am Pöstlingberg nicht. Noch nicht. Man würde eine solche Bekleidung einführen müssen. Sonst war diese Angelegenheit nicht in den Griff zu bekommen.

Nach dem Besuch der Basilika strömten die Menschen vorbei an einem Kiosk, an dem es Souvenirs, Ansichtskarten, Getränke, Eis und Spielzeug zu kaufen gab. Die Aussichtsplattform direkt neben dem Kiosk bot einen Blick auf Linz und die Umgebung. Alle Besucher traten hinaus und blickten nach unten. Je nach Wetterlage sah man auf Häuser, Kirchen, den Dom, besser gesagt, zwei Dome und die mächtige Donau, oder bei Nebel in eine milchige Schicht, unter der man die Stadt nur erahnen konnte.

Im Sommer schoben sich die Menschen durch die schmale Straße weiter zum Pöstlingberg Schlössl, in dem sich ein Restaurant und einige wunderschöne Suiten befanden. Ein paar Meter weiter und die Besucher standen vor dem Eingang der Grottenbahn. Die Bahn, die im Inneren eines ehemaligen Befestigungsturmes ihre Runden fuhr.

Bestieg man erst den Drachenzug, wähnte man sich in einer anderen Welt. Zwerge, die sich rechts und links entlang der steinernen Wände präsentierten. Mitten durch diese Grotte mit Zwergen und ausgestopften Tieren fuhr ein motorbetriebener Zug, an dessen vorderem Ende sich anstatt einer Lokomotive ein Drache befand. Löste man nun ein Ticket für diese Grottenbahn, kam man in den Genuss von drei Runden Fahrt.

Während der ersten Runde konnte man die Zwergenwelt auf der linken Seite bewundern, während der zweiten Runde die rechte Seite. Bei der dritten Runde ging stets ein begeistertes Raunen durch die Reihen, denn dann war die gesamte Grotte beleuchtet. Kleine Lämpchen, die in den steinernen Himmel eingelassen waren, erstrahlten, und der Drache spuckte und fauchte.

Nach der Fahrt stiegen die Besucher hinab ins Kellergewölbe. Dort unten, tief unter dem Turm, befand sich eine kleine Stadt. Die Häuser so niedrig, dass nur ein Kind drinnen hätte stehen können. Selbstverständlich waren die kleinen Türen verschlossen, um die Häuser vor Zerstörung zu schützen. Man konnte schließlich nicht wissen, was die Menschen da drinnen so alles treiben würden. Also musste dieses Juwel geschützt werden. Ein Platz in der Mitte der kleinen Stadt sollte den Linzer Hauptplatz darstellen. An kleinen Marktständen priesen stumme Figuren ihre Waren an. Auch ein Würstelstand war dabei. Kleine Gassen führten vom Platz weg und in jeder von ihnen befanden sich Figuren und Szenen aus berühmten Märchen einer längst vergangenen Zeit. Gut geschützt hinter Gitterzäunen, damit Hände sie nicht erreichen und zerstören konnten.

Es war kalt in der Stadt unter dem Turm, unter der Grottenbahn und ihrem Drachenzug. Die Kälte hatte viele Vorteile. Es wurde nie zu gemütlich, und so blieben die Menschen nicht allzu lange und konnten keinen großen Schaden anrichten. Aber im Sommer, wenn draußen brütende Hitze herrschte, fanden die Menschen die Kühle in der kleinen Stadt unter der Erde wunderbar. Dann bestand die Gefahr, dass sie länger blieben als nötig. Man musste Angst haben, dass sie die wertvollen Figuren und die kleinen Häuser beschädigen könnten. Darum war es besser, wenn das Wetter schlecht und es draußen so kühl war, dass sich die Menschen keine weitere Abkühlung wünschten. Und im Winter, wenn es bitterkalt war, hatte die Grottenbahn und mit ihr die kleine Stadt geschlossen. Dann war es wunderbar ruhig und die Zwerge und ihre Familien konnten ihrem geruhsamen Leben nachgehen. Vom 2. November bis Ende Februar konnte ihnen nichts passieren.

Fast nichts.

Nur in der Adventzeit hatte die Grottenbahn an den Samstagen geöffnet, und manchmal wurde die ganze kleine Stadt von jemandem gemietet, der eine Party darin veranstaltete. Dann war die Gefahr natürlich wieder vorhanden. Andererseits passten an diesen Tagen mehrere Personen auf, damit nichts passierte. Sicherheitspersonal. Sehr wertvoll war der Dienst dieser Menschen. Wenn sie hier waren, konnte man sicher sein, dass alles in Ordnung blieb.

Aber das war schließlich nicht das ganze Jahr über so.

Die Grottenbahn fuhr ihre letzte Runde für diesen Tag. Es war Abend geworden und die letzten Passagiere stiegen aus und marschierten die lange Treppe nach unten in die kleine Stadt. Karl Habermann war müde. Es war ein langer Tag mit unzähligen Touristen gewesen. Er gähnte. Wenn die letzten Gäste die unterirdische Stadt verlassen hatten, musste er noch einen Rundgang machen und die Tore schließen. Dann konnte er endlich nach Hause gehen.

Schließlich war es still geworden. Karl drehte seine Runden. Es war alles wie immer. Fast. Aber nicht ganz. Der kleine unterirdische Linzer Hauptplatz mit den stummen Figuren und den Häusern mit ihren geschmückten Auslagen war menschenleer. Und doch war es Karl, als ob sich noch jemand außer ihm hier befinden würde. Es war nur ein kurzes Geräusch, das er wahrnahm und nicht zuordnen konnte. So als ob noch jemand anderer außer ihm eines der Tore geschlossen hätte. Doch das war eigentlich unmöglich. Er war allein hier unten. Karl schüttelte den Kopf. Er war müde und diese Müdigkeit hatte ihm einen Streich gespielt. Gewissenhaft kontrollierte er nochmals alle Türen. Er stieg die Treppen nach oben und verschloss das Haupttor, das sich im Freien befand. Alles war in Ordnung.

Der nächste Morgen brachte einen strahlenden Sommertag. Bereits vormittags stiegen laufend Besucher aus der Bergbahn und strömten Richtung Grottenbahn. Es war sehr viel los, und der Drachenzug drehte vollbesetzt seine Runden. Wieder und wieder stiegen die Menschen nach ihrer Fahrt die Treppen hinunter, um die Märchenwelt und den kleinen Linzer Hauptplatz zu besichtigen.

„Hänsel und Gretel" war stets eines der beliebtesten Märchen. Immer wieder standen die Kinder mit ihren Eltern, Geschwistern, Großeltern, Tanten und Onkeln in der kleinen Gasse und bewunderten die Darstellung von Hänsel, Gretel und der alten Hexe. Das Knusperhaus der Hexe konnte man sogar beleuchten. Man musste nur auf den kleinen Knopf rechts in der Wand drücken und schon blinkte es hell im Knusperhäuschen. Eine Familie stand gerade davor und bewunderte die Figuren. Ein kleines Mädchen rief: „Mami, Mami, im Haus liegt eine Hand."
„Katrin, das ist die Hexe." Die Mutter sah kaum hin.
„Nicht die Hexe, die Hand!" Die Kleine ließ nicht locker. Jetzt schaute jemand anderer genauer hin. Es war der Vater des Mädchens. Gleich darauf packte er seine beiden Kinder, warf seiner Frau einen entsetzten Blick zu und verließ den Schauplatz. Die Frau hatte nun auch entdeckt, was ihre Tochter gemeint hatte und schob den Rest der Familie aus der Gasse.

Die Kinder verstanden nicht, warum sie Hänsel und Gretel so überstürzt verlassen mussten. „Wem gehört die Hand?" Katrin ließ nicht locker.
„Das ist eine Puppe, die jemand hier vergessen hat", versuchte Katrins Mutter zu lügen.
„Das ist keine Puppe", stellte Katrin entschlossen fest. Sie wollte unbedingt zurück und die Hand genauer betrachten. Die Kinder waren nun kaum zu bändigen. Die Großeltern, die zwar nicht gesehen hatten, was hier lag, verstanden schnell, dass man die Kinder von der Märchenszene fernhalten sollte. Inzwischen hatte der Familienvater eine Angestellte der Grottenbahn verständigt, die nun angelaufen kam. Sophie Mallinger starrte erschrocken auf die Hand, die aus dem Knusperhäuschen ragte. Und doch stieg sie mutig über die kleine Absperrung und kletterte in die Märchenszene. Vorsichtig näherte sie sich der

Hand. Zur Hand gehörte ein Mann, der mit geöffneten Augen und Mund, offensichtlich tot, im Knusperhaus lag. Sophie griff zum Handy. Nicht einmal eine Minute später eilten zwei weitere Angestellte herbei. Einer der beiden war Karl Habermann. Sofort versuchte er, die Besucher zum Ausgang zu bringen: „Sehr geehrte Damen und Herren, wir haben ein technisches Problem und ersuchen Sie daher, zum Ausgang zu gehen!“ Einige Kinder protestierten lautstark, eine Frau wollte wissen, wann man denn wieder in die Märchenwelt zurückkommen könne. „Das wissen wir noch nicht, bitte besichtigen Sie doch erst einmal den Rest des Pöstlingbergs.“ Karl Habermann versuchte geschickt, das Ganze harmlos darzustellen. Die Frau gab sich damit zufrieden und allmählich waren alle Besucher gegangen. Kurz darauf traf ein Notarztwagen ein, er war von der Einsatzzentrale verständigt worden. Der Arzt und die Sanitäter waren mit ihrer Arbeit ziemlich rasch fertig. Es war offensichtlich, dass der Mann bereits seit mehreren Stunden tot war.

Inzwischen waren zwei Streifenwagen und ein Auto mit einem in Zivil gekleideten Kriminalbeamten durch die Fahrverbotszone direkt bis zum Haupttor der Grottenbahn vorgefahren.
Chefinspektor Thomas Moser stieg aus dem Auto und ging langsam durch das Tor. Der erste Eindruck eines Tatortes und dessen Umgebung war für ihn bedeutend. Bis jetzt nichts Auffälliges. Der Pöstlingberg war ihm vertraut, schließlich war er als gebürtiger Linzer bereits als Kind regelmäßig hier gewesen. Und auch noch heute kam er oft zum Essen in eines der Restaurants.

Die Angestellten der Grottenbahn warteten bereits. Alle drei waren blass und konnten kaum fassen, was heute hier an ihrem Arbeitsplatz geschehen war.

„Moser. Kriminalpolizei“, stellte sich Thomas Moser kurz vor. „Wer hat ihn gefunden?“
„Das war eigentlich ein kleines Mädchen. Es hat die Hand entdeckt. Der Vater hat mich dann gleich verständigt. Ich musste ganz nah an das Knusperhaus gehen, sonst hätte ich auch nur die Hand gesehen. Aber ich habe nichts angefasst. Das soll man ja schließlich nicht.“ Sophie war trotz ihrer Gesichtsblässe sehr gefasst. „Danke. Ist Ihnen heute etwas Ungewöhnliches aufgefallen?“ Thomas Moser sah die drei Angestellten an.
Karl Habermann und seine beiden Kolleginnen schüttelten den Kopf. „Es war alles wie immer, zumindest heute“, antwortete er. Moser sah ihn fragend an. Karl Habermann sprach weiter: „Ich hatte gestern Abend beim Abschließen das Gefühl als ob ich etwas gehört hätte. Aber ich konnte niemanden sehen und habe anschließend alle Türen verschlossen.“ „Gut. Dann bleiben Sie jetzt bitte draußen. Die Gerichtsmedizinerin und die Spurensicherung werden gleich hier sein.“

Chefinspektor Moser machte sich nun daran, den Toten genauer zu betrachten. Der Mann war mindestens sechzig Jahre alt und sehr leicht bekleidet. Er trug Shorts und ein ärmelloses Shirt. Dazu Sandalen ohne Socken. So als ob er zu einem Badeausflug unterwegs gewesen wäre. Aber irgendwie musste er hier hereingekommen sein. Ob der Fundort der Tatort war, würden die Untersuchungen zeigen. Gerichtsmedizinerin Dr. Valentina Hirsch traf ein. Sie kannten sich. „Hallo Valentina“, Thomas lächelte. „Hallo Tom!“ Valentina Hirsch nannte ihn Tom, als einzige. Sonst war er für alle der „Thomas“ oder „Chefinspektor Moser“. „Was haben wir?“, fragte Thomas, kurz nachdem Valentina den Toten untersucht hatte. „Auf den ersten Blick würde ich sagen, dass er zwar nicht direkt hier ermordet wurde, aber weit kann er nicht transportiert worden sein. Der Tatort muss also hier ganz in der Nähe sein. Er wurde erdrosselt, mit einem Draht oder ähnlichem. Mehr dann nach der Obduktion.“ Valentina warf ihm noch ein Lächeln zu und weg war sie. Sie war die Fröhlichkeit und Energie in Person. Ganz im Gegenteil zu Thomas Moser. Der stille, zurückhaltende, verschlossene, manchmal sogar abweisend wirkende Polizist, der die Blicke der Damen stets ignorierte und nicht bemerkte, wenn er angestarrt wurde. Oder es nicht bemerken wollte. Gutaussehend und unnahbar. Immer auf Distanz zu seiner Umgebung. Nur bei Valentina Hirsch machte er eine Ausnahme. Sie hatte ihn im Griff, durchschaute seine Zurückhaltung und brachte ihn mit ihren direkten Ansagen sogar zum Lachen. Valentina Hirsch. Was für eine Frau! Aber nicht zu haben.

Verheiratet seit vielen Jahren, mit Johann Hirsch, genannt Hansi. Ein Rechtsanwalt mit stattlicher Kanzlei in der Innenstadt, direkt an der Landstraße, in einem alten, renovierten Palais, erste Adresse in Linz. Valentina jedoch, die hielt nicht viel von der Linzer High Society, begleitete Hansi so gut wie nie auf seine Events, lachte nur darüber. Sie war unkonventionell und machte ihre Witze über die sogenannte bessere Gesellschaft der Stadt. Ihr Hansi akzeptierte das und schmachtete sie an. Gute Ehe nannte man das wahrscheinlich. Seine Gedanken waren abgeschweift. Thomas kam langsam wieder zur Sache.

Die Beamten der Spurensicherung hatten bereits mit ihrer Arbeit begonnen und fanden relativ schnell den Tatort. Er lag direkt in der kleinen Gasse, die zu diesem Märchen führte. Der oder die Täter hatten den Mann dann über die kleine Absperrung gehoben und ein Stück weiter bis in das Knusperhaus gebracht.

Ein Rucksack lag neben der Leiche, so einer wie ihn Wanderer verwendeten. Thomas durchsuchte ihn. Ein Ausweis war auf einen deutschen Staatsbürger namens „Detlef Mayr“ ausgestellt, offenbar war er als Tourist hier gewesen. Aber wer sollte ein Motiv haben, einen Touristen, wahrscheinlich einen harmlosen, zu ermorden?
Warum hatte man ihn genau in dieser gut besuchten Touristenattraktion umgebracht, wo der Mörder jederzeit entdeckt werden konnte? Jetzt in der Hauptsaison an so einem schönen Sommertag.

Der Rucksack brachte noch einen Stadtplan von Linz und eine Regenjacke zum Vorschein. Auf dem Stadtplan waren der Pöstlingberg, das Kunstmuseum Lentos, das Ars Electronica Center und das Linzer Schloss mit einem Kugelschreiber markiert. Und der Linzer Campingplatz am Pichlinger See. War der Mann ein Campinggast? In seinem Rucksack befand sich auch ein Prospekt einer kleinen Pension, die ganz in der Nähe des Pichlinger Sees sein musste. Thomas Moser beschloss, dort mit seinen Ermittlungen zu beginnen, es könnte schließlich sein, dass der Mann dort Gast gewesen war.

Der Pichlinger See lag am anderen Ende der Stadt und war der größte Badesee in der Gegend. „Lido von Linz“ wurde er auch genannt. Bequem mit öffentlichen Verkehrsmitteln erreichbar und mit allem ausgestattet, was die Linzer für einen Badetag brauchten, inklusive mehrerer Gaststätten, Spielplätze für Kinder, Badeinseln im See und einiges mehr. Dazu ein großer Campingplatz, der sowohl von Dauercampern mit ihren Wohnwägen als auch von Touristen, die Linz besichtigen wollten, genutzt wurde.

Vom Pöstlingberg aus brauchte Thomas Moser mit dem Auto eine knappe halbe Stunde, bis der See vor ihm auftauchte. Die Strecke kannte er gut. Sie waren oft am Pichlinger See zum Baden gewesen. Miriam und er. Miriam. Allein der Gedanke an ihren Namen ließ seine Magennerven rebellieren. Doch da griff zum Glück das Navigationsgerät ein und teilte ihm mit, dass er seinem Ziel bereits sehr nahe war. Kurz darauf stand er vor einem schmucken, renovierten Haus. Vor dem Eingang zu einem großen Garten war auf einem Schild „Zimmer frei“ und „Hunde willkommen“ zu lesen.

Die Besitzerin öffnete ihm lächelnd die Türe, sie dachte, dass Thomas ein neuer Gast und somit eine Einnahmequelle sei. Die Freude wurde bald getrübt, als sich Thomas vorstellte und ihr den Namen des Toten nannte. Die Frau musste nicht lange überlegen: „Ja, der hat gestern in meiner Pension ein Zimmer bezogen, Alleinreisender aus Leipzig. Heute früh habe ich ihm das Frühstück serviert, er ist derzeit mein einziger Gast. Aber morgen kommt eine ganze Familie“, beeilte sie sich hinzuzufügen. „Er hat sich noch erkundigt, mit welchem Bus er in die Stadt kommt. Wollte sich einiges ansehen in Linz. Netter, älterer Herr.“
„Gut, ich möchte sein Zimmer sehen.“
„Was ist denn mit ihm?“, wollte die Frau wissen. „Er ist tot“, antwortete Thomas knapp. Die Frau starrte ihn schockiert an.
„Könnten Sie mir bitte jetzt das Zimmer von Herrn Mayr zeigen!“ Thomas wurde ungeduldig, er hatte schließlich noch einiges zu tun und stand mit den Ermittlungen ganz am Anfang. „Natürlich“, stammelte die Frau und führte ihn in den ersten Stock, in ein großes gemütliches Zimmer mit Doppelbett. Chefinspektor Moser sah die Pensionsbesitzerin fragend an. „Nun ja, ich bin ja momentan nicht sehr ausgebucht, darum habe ich ihm das Doppelzimmer zum Preis eines Einzelzimmers vermietet. Er wollte schließlich eine ganze Woche bleiben, da gibt es bei mir sowieso Rabatt!“

„Haben Sie das Zimmer heute bereits aufgeräumt?“, fragte Thomas. „Natürlich. Der Herr ist ja bereits morgens außer Haus gegangen!“ „Gut, dann lassen Sie mich bitte jetzt allein“, sagte Thomas nun freundlich. Er blickte sich um. Weder der Kleiderschrank, das Badezimmer, noch ein leerer Reisekoffer gaben irgendeinen Hinweis. Alles deutete auf einen ganz normalen Touristen hin. Die Spurensicherung sollte sich das Ganze trotzdem noch ansehen.
Und er musste die Polizei in Leipzig informieren.

★

Die Aussichtsplattform am Pöstlingberg war um diese Uhrzeit noch menschenleer. Claudia spazierte mit Konrad an der Leine entlang der schmalen Straße, die vom Bergbahnhof bis zur Grottenbahn führte. Es war ein warmer Sommermorgen und genau wie gestern, würde es auch heute wieder sehr heiß werden. Konrad zog an der Leine und knurrte. Ungewöhnlich für ihn. War er doch ein äußerst gelassener, gutmütiger Schäferhund, den kaum etwas aus der Ruhe bringen konnte. Konrad begann zu bellen. Claudia zog irritiert an der Leine, „Konrad, was ist los? Ganz ruhig, langsam!“ Doch der Hund ließ sich nicht beruhigen und zerrte seine Besitzerin auf die Aussichtsplattform. Claudia kam kaum hinterher. Während sie damit beschäftigt war, dem aufgeregten Hund nachzulaufen, war dieser bereits vorne an der Mauer, von der aus man über die ganze Stadt blicken konnte. Konrad schnüffelte an einem Menschen. Claudia erstarrte. Der Mensch lag auf dem Bauch über die Mauer gebeugt. Sein Kopf schaute nach unten. Claudia versuchte ruhig zu bleiben und sprach ihn an: „Hallo, geht es Ihnen nicht gut? Kann ich Ihnen helfen?“ Der Mensch blieb stumm. Claudia beugte sich nach vorne, um ihm ins Gesicht zu schauen.

Und stieß einen Schrei aus. Der Mensch war ein Mann und starrte mit leeren Augen nach unten. Claudia fasste nach seinem Arm. Er war kalt, steif und starr.

Sie drehte sich um und lief davon. Weg von der Aussichtsplattform. Weg von der Leiche. Konrad hatte sie dabei vollkommen vergessen. Aber der rannte ihr nun folgsam hinterher, seine Leine schleifte am Boden entlang. Er holte sie ein und winselte. Claudia blieb stehen und kniete sich zu ihm nieder. Atemlos zog sie ihr Handy aus der Tasche und rief die Polizei.

Bereits nach wenigen Minuten traf der Streifenwagen ein, kurz darauf kam auch Thomas Moser. Und die Gerichtsmedizinerin bremste mit quietschenden Reifen direkt hinter Thomas' Wagen.

Gemeinsam untersuchten sie die Leiche. Sie waren praktisch zugleich eingetroffen. Ungewöhnlich für die Gerichtsmedizin, so schnell am Tatort zu sein. Aber bei Dr. Valentina Hirsch musste man immer auf Überraschungen gefasst sein.
Sie zogen den Mann von der Mauerbrüstung, legten ihn auf den Boden und drehten ihn um. In seinem Bauch steckte ein Messer. „Ich vermute, er ist innerlich verblutet", stellte Valentina fest. „War sicher nicht sofort tot. Hat etwas gedauert."
Thomas schluckte. Kein schöner Tod. Nun hatten sie innerhalb von zwei Tagen zwei Leichen. Und das hier, an einem der meistfrequentierten Touristenziele von Linz. Das konnte kein Zufall sein.

Der Mann trug einen Ausweis bei sich. Die Geldtasche enthielt Bargeld und eine Kreditkarte. In seiner Hosentasche steckte ein Handy, der Akku war allerdings leer. Raubmord konnte somit eigentlich fast ausgeschlossen werden.

Der Tote hieß Hans Bauer und stammte aus einem kleinen Ort im Mühlviertel. Seine Kleidung bestand lediglich aus Shorts, einem verwaschenen Shirt und Turnschuhen.

Die Spurensicherung begann mit ihrer Arbeit. Valentina zog ihre Handschuhe aus, warf Thomas noch eine Kusshand zu und brauste davon.

Noch nie hatte es in Linz zwei Morde innerhalb von zwei Tagen gegeben.

Thomas war äußerlich ganz ruhig, doch in seinem Inneren brodelte es. Er stieg in seinen Wagen und fuhr eine knappe Stunde eine kurvenreiche Straße entlang, bis er in dem kleinen Dorf ankam, in dem Hans Bauer gelebt hatte, fast siebzig Kilometer von Linz entfernt. Inzwischen hatte einer von Thomas′ Mitarbeitern angerufen und ihm mitgeteilt, dass Hans Bauer gestern Abend in Linz als vermisst gemeldet worden war. Er war Teil einer Gruppe von dreißig Personen gewesen, die einen Tagesausflug nach Linz gemacht hatten.

Keiner hatte gemerkt, dass Hans Bauer bei der Talfahrt nicht in der Pöstlingbergbahn gewesen war. Erst beim Einsteigen in den Bus, den die Gruppe für den Ausflug nach Linz gemietet hatte, wurde sein Verschwinden bemerkt.
Die anderen hatten dann noch zwei Stunden in Linz gewartet und schließlich eine Vermisstenanzeige bei der Polizei gemacht. Dann waren sie zurück ins Mühlviertel gefahren.

★

Chefinspektor Moser hielt vor einem älteren Haus. Eine Frau öffnete die Türe. Es war Frau Bauer. Thomas musste das tun, was er an seinem Job am meisten hasste. Er musste die Frau über den Tod ihres Mannes informieren und sie ersuchen, ihn zu identifizieren.

Frau Bauer konnte ihm keinerlei Hinweise darauf geben, wer ihren Mann ermordet oder wer vielleicht ein Motiv gehabt haben könnte. Hans Bauer war beruflich selbstständig gewesen und hatte eine kleine Schlosserei betrieben. Er arbeitete allein in der Werkstatt, denn die Einkünfte reichten für einen Angestellten nicht aus. Früher war sein Betrieb größer und gewinnbringender gewesen und er hatte sogar drei Mitarbeiter beschäftigt. Aber die Zeiten waren nicht gut, wie Frau Bauer es ausdrückte. Sie kamen über die Runden, Reichtum war jedoch keiner vorhanden. Die Bauers waren kinderlos. Es schien keine Feinde zu geben, aber viele Freunde im Dorf. Sie alle waren gemeinsam mit Hans Bauer auf diesen Ausflug nach Linz gefahren.

Thomas rief seinen Mitarbeiter Peter Stradner an: „Komm bitte mit einem der Kollegen hier ins Dorf und befragt alle Personen der Gruppe, die gestern mit auf dem Ausflug waren. Und bringt die Ehefrau in die Gerichtsmedizin. Danke."

Damit war seine Arbeit hier vorläufig beendet, und Chefinspektor Moser fuhr zurück nach Linz.

★

Ein neuer Sommertag hatte begonnen. Es war noch früh am Morgen und trotzdem schon sehr warm, fast schon heiß.

Matthias Reiter saß in der ersten Bergbahn, die um sechs Uhr morgens vom Linzer Hauptplatz auf den Pöstlingberg fuhr. Er hatte einen Auftrag auf einer Baustelle hier. Abends würde er mit dem Firmenbus und den Arbeitern wieder zurück in die Stadt fahren. Er genoss die morgendliche Fahrt in der leeren Bahn. Als einziger Fahrgast.

Pünktlich um sechs Uhr zwanzig fuhr die Pöstlingbergbahn in den Bergbahnhof ein. Matthias stieg fröhlich pfeifend aus. Er mochte den Sommer und es machte ihm nichts aus, dass er heute wieder in der Hitze arbeiten musste.

Der Bahnhof war noch menschenleer, wie immer um diese Uhrzeit. Nur eine junge Frau schien auf einer der Parkbänke eingeschlafen zu sein. Es kam eigentlich so gut wie nie vor, dass in der Bergbahnstation jemand übernachtete, Alkoholexzesse waren hier unüblich und Partys fanden in der Nähe auch keine statt. Wenn, dann vielleicht in einem der Privathäuser, aber nicht öffentlich. Es gab hier ein reges kulturelles Leben mit Konzerten, Kabaretts und anderen Veranstaltungen. Aber diese wurden stets mit Sicherheitspersonal abgehalten, und nach Veranstaltungsende wurde alles kontrolliert. Hier blieb niemand liegen. Und doch schlief hier offensichtlich jemand. Matthias verspürte ein komisches Gefühl im Magen. Er musste zu dieser Parkbank gehen und nachsehen.

Die junge Frau saß nach vorne gebeugt. Er berührte ihren Arm: „Hallo! Sie sollten nach Hause gehen und sich ausschlafen!“ Keine Reaktion. Stille. Matthias versuchte es nochmals: „Hallo, Sie! Was ist los mit Ihnen?“ Die Frau bewegte sich nicht.

Vorsichtig hob Matthias ihren Kopf. Und erschrak. Die Frau war bewusstlos. Oder sie war tot.
Nein, sie atmete. Schwach. Aber doch. Matthias wusste, dass er schleunigst die Rettung rufen musste. Er griff nach seinem Handy und wählte den Notruf. Dann

legte er die Frau auf den Boden und brachte sie in eine stabile Seitenlage, so wie er es in einem Erste Hilfe-Kurs gelernt hatte. Er sah, dass sie eine blutende Wunde am Kopf hatte. Minuten später, die Matthias jedoch endlos erschienen, trafen ein Notarzt und drei Rettungssanitäter ein. Matthias hörte, wie der Notarzt fragte, ob die Polizei schon verständigt worden sei. Kurz darauf betraten zwei Polizeibeamte den Bergbahnhof. Matthias musste ihnen Platz machen. Aber er wollte unbedingt wissen, was mit der Frau passiert war und ob sie überleben würde. Er wartete, bis sie auf die Rettungsliege gehoben und zum Wagen gebracht wurde. Dann sprach er den Notarzt an: „Was ist mit ihr? Wird sie überleben?“ Der Arzt antwortete nur: „Das wissen wir noch nicht. Sie ist sehr schwer verletzt. Aber sie hatte Glück, dass Sie sie gefunden haben.“

★

Thomas Moser schlief. Er träumte von den Morden am Pöstlingberg und dass er sie niemals lösen würde. Da klingelte sein Telefon. Er wusste nicht sofort, dass das kein Traum war, sondern wunderte sich nur, dass der Klingelton so laut war. Verschlafen griff er nach seinem Handy. Es war einer seiner Mitarbeiter: „Chef, sie müssen auf den Pöstlingberg kommen! Eine Frau wurde gefunden! Sie lebt noch!“ Thomas konnte es kaum glauben. Aber er war schließlich wach. Kein schlechter Traum. Die Realität. Es war schon wieder etwas passiert.

Er zog sich rasch an, gab währenddessen telefonisch einige Anweisungen und sprang in sein Auto. Als er am Pöstlingberg ankam, war schon das komplette Polizeiaufgebot da. Die Spurensicherung begann mit ihrer Arbeit.

Matthias Reiter saß auf einer Bank, etwas abseits des Geschehens. Sein Herz klopfte noch immer rasend schnell. Er hatte offensichtlich das Opfer eines Verbrechens gefunden und wenn die Frau überlebte, hatte er ihr das Leben gerettet.

Chefinspektor Moser setzte sich zu ihm: „Thomas Moser, Kriminalpolizei. Herr Reiter?" Matthias nickte. „Erzählen Sie mir bitte, wie Sie die Frau gefunden haben." Matthias war froh, das Ganze erzählen zu können und tat das sehr ausführlich. Thomas machte sich einige Notizen, bedankte sich und besah sich nochmals den Tatort.

Es stellte sich heraus, dass die junge Frau Aneta Kowalska hieß und eine polnische Studentin war. Das ging aus ihrem Pass, den sie glücklicherweise bei sich trug, hervor. Mit wem sie hier in Linz war, konnte noch nicht geklärt werden, aber aufgrund des Passes war es zumindest möglich, ihre Familie in Polen zu verständigen.

Die Situation war kritisch. Es war offensichtlich, dass diese drei Verbrechen nicht zufällig innerhalb von drei Tagen an diesem einen Ort passiert waren.

Wenn er den Verantwortlichen nicht rasch fand, bestand die Gefahr, dass es noch weitere Morde geben würde. Dass die Frau noch lebte, als sie gefunden wurde, hatte der Täter sicher nicht geplant. Es könnte schließlich sein, dass sie ihn gesehen hatte und der Polizei Hinweise geben könnte. So ein Risiko würde der Täter nicht eingehen.

Die Frau war in Gefahr, soviel war sicher. Wenn die Presse über die Tat berichten und verkünden würde, dass die Frau noch lebte, war die Situation äußerst gefährlich. Man musste derzeit von einem Serienmörder ausgehen.

Thomas gab die Anweisung, der Presse die Information zu geben, dass die Frau ihren Verletzungen erlegen war. Und er musste sofort zu ihr ins Krankenhaus. Er stieg in sein Auto und fuhr mit Blaulicht und hoher Geschwindigkeit den Berg nach unten.

Unterdessen kämpften die Ärzte im größten Krankenhaus der Stadt um das Leben der Frau. Chefinspektor Moser verlangte mit jemandem zu sprechen, der befugt war, eine Pressesperre zu verhängen und der dafür sorgte, dass die Frau abgeschirmt und von der Polizei bewacht werden konnte. Einer der Direktoren war sofort zur Stelle und leitete die Maßnahmen in die Wege. Thomas forderte mehrere Beamte zur Sicherheit der Frau an. Als das geregelt war, fuhr er ins Büro. Er musste nachdenken. Ein schneller Fahndungserfolg war jetzt unbedingt erforderlich. Er musste weitere Taten verhindern.

★

In dem kleinen, alten Haus auf der Kuppe des Pöstlingbergs brannte noch Licht. Alles war sauber und ordentlich. Kein Staub, keine herumliegenden Dinge. Alles hatte seine Ordnung. Auch die Kleidung, die man trug, musste der Situation angemessen sein. Außer Haus trug man als Mann keine kurze Hose oder verwaschene unsaubere T-Shirts, auch keine Sandalen, sondern ordentliche, geschlossene Lederschuhe. Frauen durften keine Miniröcke, knappe Oberteile oder sonstige obszöne Kleidung tragen. Besonders schlimm war es, wenn die Menschen derart schrecklich gekleidet am Pöstlingberg die Kulturgüter besichtigten. Das war eine Beleidigung, die nicht toleriert werden konnte. Und so etwas musste nun endlich aufhören. Es dauerte schon viel zu lange. Ständig bevölkerten unpassend gekleidete Menschen den Pöstlingberg. Er hatte schon zu lange den Geschehnissen zugesehen und nichts unternommen. Aber nun war das anders. Die Menschen mussten bestraft werden und für ihr Handeln bezahlen.

Er würde wachen über den Berg, der so wichtig für ihn war.

Dieses Kulturgut durfte nicht mit schlampigen Menschen bevölkert werden, sondern musste gemäß seiner Schönheit und Anmut geschützt werden. Es musste bekannt werden, dass man sich hier auf dem Berg ordentlich kleiden und angemessen benehmen musste. Alle Zeitungen würden darüber berichten. Die Menschen sollten es lesen und erkennen, was zu tun war, wenn man auf diesen schönen Berg fuhr. Wer sich nicht daran hielt, musste damit rechnen, hier oben sein Leben zu lassen. So einfach war das.

Er lächelte und war glücklich, dass er die Sache endlich in die Hand genommen hatte. Nun würde alles gut werden. Ein paar Unbelehrbare würde es zwar noch geben, aber wenn auch sie sterben würden, dann wussten alle, worum es ihm ging. Das war seine Bestimmung. Zufrieden lächelte er.

★

Thomas Moser hatte sich in sein Büro zurückgezogen. Davor hatte er die Anweisung gegeben, dass Polizeibeamte in Zivil verteilt über den gesamten Pöstlingberg postiert wurden.
Nun war die Türe geschlossen und sein Handy auf lautlos gestellt. In Gedanken verglich er die Opfer. Er sah sie vor sich. Brauchte keine Bilder, keine Pinnwände, die mit Fotos und Hinweisen befüllt waren. Er musste alles in seinen Gedanken analysieren, in Ruhe und allein.

Alle drei Opfer hatten eines gemeinsam. Sie stammten nicht aus Linz und waren als Touristen auf den Pöstlingberg gekommen.

Sie waren unterschiedlichen Alters, zwei Männer und eine Frau. Ein Österreicher, ein Deutscher und eine Polin. Die Taten waren zu unterschiedlichen Tageszeiten verübt worden. Aber das Wetter war stets warm, sogar heiß gewesen. Daher waren alle drei Opfer sommerlich leicht bekleidet gewesen.

Keines der Opfer war beraubt worden, bei allen dreien waren Wertgegenstände, Handys, Geld und Ausweispapiere unberührt geblieben. DNA-Spuren gab es, sie waren jedoch noch nicht ausgewertet. Aber wenn es keine Vergleichs-DNA gab, konnte man derzeit nichts damit anfangen. Und er brauchte einen schnellen Fahndungserfolg. Sonst würden womöglich noch weitere Menschen sterben.

Vor Thomas' innerem Auge sah er alle drei Opfer vor sich. Wie sie an verschiedenen Plätzen oben auf dem Berg platziert waren. So als ob man sie genau dort sehen sollte. An den Plätzen, die von allen Touristen besucht wurden. Zur Schau gestellt. Nicht brutal und auffällig, aber doch so, dass man sah, dass dies kein Zufall war. Ansonsten wären sie versteckt in einem Gebüsch gelegen, hinter einer Mauer oder an einem abgelegenen Ort. Es gäbe hier oben genug Plätze, an denen man ein Mordopfer verstecken konnte, ohne dass es sofort gefunden wurde. Aber das stand nicht in der Absicht des Mörders. Er wollte, dass sie möglichst bald gefunden wurden. Dass eines der Opfer überleben würde, damit hatte er sicher nicht gerechnet.
Thomas musste das Motiv finden.

Er stieg ins Auto, fuhr auf den Linzer Hauptplatz und bestieg die Pöstlingbergbahn. Wie die Opfer.
Fuhr wie sie auf den Berg und ging die Wege, die sie wahrscheinlich gegangen waren. Wollte versuchen, nachzuspüren, was sie gemacht hatten.

Vielleicht würde ihm der Zufall zu Hilfe kommen.

Thomas stieg aus der Bahn und setzte sich auf die Bank, auf der Aneta Kowalska gefunden wurde. Von hier aus konnte man die berg- und talwärts fahrenden Bergbahnen sehen. Aber sonst nicht viel. Hier war kein Aussichtspunkt, nur ein Abfahrts- und Ankunftsort. Zur Begrüßung oder Verabschiedung des Berges.

Er ging den Weg weiter nach oben. Den Weg, den alle Touristen gingen, die zur Aussichtsplattform wollten. Dort waren heute nur wenige Menschen. Es war drückend heiß und Mittagszeit. Entweder kamen heute weniger Besucher hier herauf oder sie saßen alle in den schattigen Gastgärten und schauten auf die Stadt hinunter. Beides war möglich.

Thomas stand nun an der Stelle, an der man Hans Bauer gefunden hatte. Mit dem Gesicht nach unten, sodass man seine Augen zwar nicht sofort sehen konnte, aber klar erkennbar, dass hier ein Mensch entweder bewusstlos oder tot lag.

Er verweilte kurz an der Stelle und ging dann weiter.

Bis zur Grottenbahn waren es nur wenige Minuten. Er löste ein Ticket und stieg in den Drachenzug. Nach der dritten und letzten Runde stieg er aus und ging in den Keller, hinunter in die Stadt mit den kleinen Gassen und den Märchenfiguren. Er ließ sich Zeit. Es dauerte, bis er bei Hänsel und Gretel ankam.

Er hing seinen Gedanken nach und die kreisten immer wieder um eines. Jemand suchte gezielt Touristen aus und ermordete sie an Plätzen, die jeden Tag von vielen Menschen besucht wurden. Alle waren leicht bekleidet, wurden nicht beraubt und waren äußerst unauffällig gewesen. Bei keinem der Opfer war bisher ein Motiv aus dem privaten Umfeld zu erkennen. Zumindest derzeit noch nicht. Thomas spürte instinktiv, das Motiv lag hier. An diesem Ort.

Thomas ging den gleichen Weg zurück, den er gekommen war. Obwohl es noch andere Wege gab. Er wusste, dass er die Lösung nur hier finden konnte.

Wieder auf der Aussichtsplattform angekommen, setzte er sich auf eine Parkbank.

Er schloss die Augen und versuchte zu erspüren, was hier passiert war. Als er sie wieder öffnete, bemerkte er, dass ihn ein Mann anstarrte, nur wenige Meter entfernt. Als Thomas langsam aufstand, drehte sich der Mann um und rannte davon.

Thomas folgte ihm. Er musste seine ganze Kraft einsetzen, um ihn nicht aus den Augen zu verlieren. Der Mann, er war zwischen dreißig und vierzig Jahre alt, drehte sich nur einmal um. Er wollte scheinbar keine Zeit verlieren. Thomas war sportlich genug, um es dennoch zu schaffen. Er holte ihn ein. Griff von hinten an sein Hemd. Riss ihn zu Boden. „Lassen Sie mich!“, schrie der Mann und wehrte sich heftig. „Polizei. Halten Sie sich ruhig.“ Thomas hatte ihn nun fest im Griff.

Irgendetwas stimmte nicht. Das spürte er. „Wer sind Sie?“, fragte er und ließ ihn los.

Der Mann blieb stehen und antwortete mit zitternder Stimme: „Ich heiße Bernd Haller und wohne hier in der

Nähe!“ „Und warum sind Sie vor mir weggelaufen?“ Thomas war noch immer vorsichtig. „Ich dachte, ich meine, wo doch hier drei Morde passiert sind. Und ich kenne Sie nicht. Und Sie sehen auch nicht wie ein Tourist aus. Wie Sie dagesessen sind, ich dachte, vielleicht sitzt hier der Mörder und wartet auf den Nächsten!“ Der Mann zitterte am ganzen Körper. Thomas zeigte ihm seinen Polizeiausweis. Der hier war kein Mörder, sagte ihm sein Instinkt. Aber auch der konnte einmal trügen, also würde er Bernd Haller überprüfen lassen. Obwohl er eigentlich schon jetzt wusste, dass dabei nichts herauskommen würde. Aber die vorschriftsmäßige Polizeiarbeit musste er trotzdem machen. Und sich ausschließlich auf seine Instinkte zu verlassen, gehörte nicht dazu. Also begleitete er den Mann nach Hause und fragte ihn, was er zu der Zeit gemacht hatte, als die Taten begangen wurden. Thomas rief einen seiner Mitarbeiter an und beauftragte ihn, die Alibis zu überprüfen.

Dann ging er zurück und setzte sich auf die Bank, auf der Aneta Kowalska gefunden wurde. Er hoffte hier auf eine Spur, um der Lösung einen Schritt näher zu kommen. Wieder schloss er die Augen. Ein Jogger lief an ihm vorbei. Sehr schnell. Thomas stand auf und schaute ihm nach. Der Mann wirkte sehr sportlich und durchtrainiert. Leichtfüßig sprintete er davon. Thomas schüttelte den Kopf. Wenn er anfing, jeden hier zu verdächtigen, würde er sich im Kreis drehen und wichtige Hinweise vielleicht sogar übersehen.

Für heute würde er hier Schluss machen. Er hatte nicht die geringste Spur gefunden. Stand ganz am Anfang. Und das bei drei Verbrechen in drei Tagen. Das Ganze war eine Katastrophe. Es konnte jederzeit wieder geschehen. Und er konnte es vielleicht nicht verhindern.

Die Touristen konnte man nicht abhalten, hier heraufzukommen. Obwohl es in allen Zeitungen gestanden hatte und mehrere Fernsehsender laufend darüber berichteten. Die Linzer waren scheinbar vorsichtiger. In der Bergbahn befanden sich heute ausschließlich Touristen, keine Einheimischen. Ein Maximum an Polizeibeamten in Zivil und damit alle verfügbaren Kräfte befanden sich am Pöstlingberg. Doch es blieb vorerst alles ruhig.

Thomas beschloss nach einer kurzen Nacht, in der er kaum geschlafen und wirre Träume gehabt hatte, wieder auf den Berg zu fahren. Die Ermittlungsarbeit am Schreibtisch erledigten zwei seiner Mitarbeiter und wie er telefonisch erfahren hatte, bisher ohne Erfolg.

Die Luft flimmerte heute bereits am Morgen, es würde wieder sehr heiß werden.

Kurz vor dem Eingang in die Grottenbahn wurde es etwas kühler. Der Schatten war hier dichter und frische, kühle Luft empfing ihn. Thomas atmete durch. Hier ließ es sich aushalten. Im Inneren des Gebäudes war es noch angenehmer.

Es war zehn Uhr und die erste Fahrt des Drachenzuges stand kurz bevor. Er löste ein Ticket und reichte es der jungen Frau, die den Zug startete. Thomas war jedoch nicht der einzige Fahrgast an diesem Morgen. In der letzten Reihe saß bereits jemand, als er einstieg. In der Dämmerung der Grotte konnte er nur erkennen, dass es ein Mann war. Der Drachenzug fuhr seine erste Runde. Thomas schloss wieder die Augen und ließ die Szene vor seinem inneren Auge ablaufen. Er stellte sich vor, wie das erste Opfer hier im Zug gesessen und anschließend in den Keller zu den Märchenfiguren gegangen war.

Der Zug fuhr seine zweite Runde. Thomas öffnete die Augen und drehte sich um. Der einzige Fahrgast außer ihm saß regungslos in der letzten Sitzreihe. Thomas blickte wieder nach vorne.

Die dritte Runde begann.

Die Grotte war nun hell erleuchtet und zeigte rechts und links Zwerge sowie kleine und größere Tiere aus Stoff und Fell.

Thomas schloss wieder die Augen. Als der Zug hielt, öffnete er sie wieder und bemerkte, dass er inzwischen der einzige Fahrgast war. Auch die junge Frau, die den Zug gesteuert hatte, war nicht zu sehen. War er etwa eingeschlafen und die beiden, der Fahrgast und die Angestellte waren schon ausgestiegen und weggegangen?

Das war merkwürdig. Er war in der Vergangenheit schon öfter mit der Grottenbahn gefahren, aber immer war der Zugführer am Ausgang gestanden und hatte die Fahrgäste verabschiedet. Vielleicht machte die Frau das heute deshalb nicht, weil sich nur zwei Personen in der Bahn befunden hatten? Aber wo war der Mann aus der letzten Reihe?

Thomas stieg langsam die Treppe nach unten in den Keller. Kein Mensch war zu sehen.
Langsam ging er von Gasse zu Gasse. Totenstille. Erst als er die Treppe zum Ausgang nach oben stieg, hörte er Stimmen. Oben angekommen, sah er, dass nun einige Besucher auf die Fahrt mit der Grottenbahn warteten. Die junge Frau, die den Drachenzug gesteuert hatte, war nicht zu sehen. Also warteten die Besucher hinter der Absperrung, die den Eingangsbereich von der Grotte und dem Drachenzug trennte. Die Menschen wurden immer

mehr. Der Zug hätte schon längst abfahren müssen, aber es war kein Zugsführer da. Die Besucher wurden unruhig und begannen zu spekulieren, was denn hier los sei.

Dann kam die Frau, die im Kassenraum die Tickets verkaufte und schaute ungläubig auf die Besuchermenge. Sie griff zum Handy und drückte eine Taste. Erreichte niemanden, das war deutlich zu sehen. In Thomas machte sich großes Unbehagen breit. Er trat zu der Frau und flüsterte ihr zu: „Ich bin Thomas Moser von der Kriminalpolizei. Kann ich Ihnen helfen?“ Die Frau nickte und zeigte auf eine Türe, auf der „Zutritt nur für Personal“ stand.

Thomas folgte ihr in ein kleines Büro. „Ich verstehe nicht, wo Sophie bleibt. Sie war gerade noch hier und hat die erste Fahrt des Tages gemacht. Bereits vor einer Viertelstunde hätte der Drachenzug wieder abfahren müssen.“

„Zeigen Sie mir alle Räume hier“, sagte Thomas bestimmt und griff ebenfalls zum Handy: „Moser. Ich brauche Verstärkung. Direkt in der Grottenbahn. Und bringt mir einen Suchhund mit.“

Die Frau schaute ihn erschrocken an: „Glauben Sie, dass Sophie etwas passiert ist?“ Thomas antwortete ihr mit beruhigender Stimme: „Wir werden sie finden. Helfen Sie mir.“ Die Frau nickte und führte ihn durch einige kleine Räume, die rechts und links angeordnet waren. Keine Spur von Sophie. Sie war wie vom Erdboden verschluckt. Thomas kam es wie eine Ewigkeit vor, aber die Verstärkung in Form von weiteren Polizisten war noch nicht eingetroffen. „Sagen Sie den Besuchern, dass die Bahn einen technischen Defekt hat, aber in Kürze wieder fahren wird und dass alle im Eingangsbereich warten sollen“, flüsterte Thomas der Frau zu. Sie nickte und lief in den Wartebereich, um kurz darauf wieder zurück zu kommen. „Wie hat der erste Fahrgast ausgesehen? Sie haben ihm ein Ticket verkauft?“ Die Frau antwortete: „Er war ziemlich jung. Und er ist mir bekannt vorgekommen. Ich glaube, er war schon mehrmals hier. Ich arbeite noch nicht lange hier an der Kasse, aber ich bin mir sicher, dass ich ihn schon gesehen habe.“ Thomas befahl ihr, sich im Kassenraum einzuschließen. Dann zog er seine Waffe aus der Halterung seines Gürtels und stieg nochmals die Treppe nach unten. Langsam, Schritt für Schritt setzte er geräuschlos einen Fuß vor den anderen.

Unten angekommen, herrschte Totenstille. Die Märchenlieder, die normalerweise aus einer Musikanlage klangen, waren verstummt. Es war düster, fast dunkel. Ein Teil der Beleuchtung musste ausgefallen sein. Thomas zog eine Taschenlampe aus seiner Jacke.

Langsam ging er über den Platz.

Niemand war zu sehen.

Er ging in die erste Gasse. Sie war leer.

Die zweite Gasse. Leer.

Die nächste und noch eine. Keine Spur von Sophie.

Nun stand er wieder auf dem Platz, der den Linzer Hauptplatz darstellen sollte und hatte sofort das Gefühl, nicht alleine zu sein.

Langsam drehte er sich um.

Hinter ihm stand der Mann aus der letzten Reihe im Drachenzug.

Auf seinen Armen hielt er Sophie. Sie hatte die Augen geschlossen, sah wie schlafend aus. Thomas holte lautlos Luft und machte einen Schritt auf ihn zu.

Der Mann sah ihm fest in die Augen und ging einen Schritt rückwärts.

„Geben Sie sie mir", sagte Thomas mit ruhiger Stimme. Der Mann lächelte: „Das geht nicht. Sie lebt noch."
„Geben Sie mir die Frau!" Der Mann schüttelte den Kopf. Thomas richtete die Pistole auf ihn. Schießen konnte er nicht. Der Mann hielt Sophie schützend vor sich. Wenn er ihm in die Beine oder in den Kopf schießen würde, dann würde Sophie hilflos auf den Steinboden fallen. Das war die allerletzte Option.

„Was hat Sophie getan?"
Das Gesicht des Mannes verfinsterte sich: „Sehen Sie, wie sie aussieht! Das hat sie getan." Thomas nickte. Sophie trug eine hautenge rosa Hose und ein weißes Shirt mit Spaghettiträgern. Sie sah sehr hübsch aus. Und jung. Eine schöne junge Frau in sommerlicher, leichter Kleidung.
Thomas sah ihm ruhig in die Augen und sagte: „Sie haben recht. Die Kleidung ist unpassend. So darf man sich hier nicht kleiden."
Der Mann lächelte ihn erleichtert an: „Genauso ist es. Sie sind der gleichen Meinung. Darum darf sie nicht weiterleben." Dann drehte er sich um und ging mit Sophie auf den Armen davon. Thomas folgte ihm. Gleich hatte er ihn eingeholt. Doch da blieb der Mann abrupt stehen und legte Sophie auf den Boden.

Thomas versetzte ihm einen Stoß, der Mann drehte sich blitzschnell um und zielte mit einer Waffe auf ihn.

Ein Schuss, und er stürzte zu Boden. War sofort tot.

Als Sophie zu sich kam, blickte sie in die Augen von Thomas.

Erleichtert sagte er: „Sie sind in Sicherheit."

LINZER SCHNITT

Als er in Linz ankam, erinnerte er sich wieder an seinen ersten Besuch in dieser Stadt.

Die Donau hatte ihn fasziniert. In Graz gab es zwar die Mur, aber die konnte man mit diesem Strom nicht vergleichen. Das war ihm in Erinnerung geblieben von Linz. Dabei hatte diese Stadt so viel mehr zu bieten als nur die Donau. Er hatte sich schon lange vorgenommen, hier ein paar Tage Urlaub zu verbringen und ins kulturelle Leben einzutauchen.

Und wenn er das Geschäft übernehmen würde, dann könnte er das jeden Tag haben.

Es war Frühling geworden und die Bäume im Volksgarten begannen zu blühen. Er hatte noch Zeit bis zum Treffen mit dem Besitzer des Friseursalons. Noch eine ganze Stunde. Er würde sich die Gegend rund um das Geschäft ansehen. Wie es mit der Konkurrenz stand. Und überhaupt, mit welcher Kundschaft er rechnen konnte. Vieles ließ sich an der Umgebung erkennen. Soviel wusste er schon nach zwanzig Jahren, die er vorwiegend im Ausland gearbeitet hatte.

Das Geschäft lag in der Innenstadt, in einer ruhigen Gasse. In der näheren Umgebung gab es keinen zweiten Coiffeur, Friseursalon oder Hairstylisten, wie immer sie sich auch nannten. Die Ausgangslage war also gut. Keine unmittelbare Konkurrenz. Die Gegend war ruhig, obwohl mitten in der Stadt gelegen. Keine Hektik und kein lärmender Autoverkehr. Aber auch keine Parkplätze. Ein Minuspunkt. Wer mit dem Auto kam, musste entweder in einer der kostenpflichtigen Tiefgaragen oder Kurzparkzonen parken. Er könnte ab einer gewissen Rechnungshöhe gratis Parktickets für die Kunden anbieten. Oder als Bonus für Stammkunden. Er war bereits so in

Gedanken bei seinem künftigen eigenen Geschäft, dass er fast die Zeit übersehen hätte.

Es war zehn Uhr vormittags. Treffpunkt war der Salon. Sein zukünftiger Salon. Wenn alles gut ging.

Der Besitzer war über sechzig und wollte möglichst bald verkaufen. Chris schüttelte ihm die Hand: „Hallo! Ich bin Chris Mayer." „Freut mich. Ich bin Josef Stöger. Wollen Sie gleich den Salon sehen?" „Gerne", Chris war sehr gespannt. Er folgte Josef Stöger durch die Eingangstüre und alles war so, wie er es sich vorgestellt hatte. Moderne Einrichtung, alles vor wenigen Jahren renoviert und groß genug für ein erstes eigenes Geschäft. Wenn sie sich finanziell einigen würden, denn Josef Stöger hatte ihm am Telefon keine Summe nennen wollen.

Und genau das war das Problem. Die Ablöse war finanziell eine Nummer zu groß für Chris. Enttäuschung. Josef Stöger machte ihm ein Angebot. Ratenzahlung. Der Gesamtpreis aber blieb gleich.

„Danke. Ich werde es mir überlegen." Chris verabschiedete sich schnell. Der Preis lag weit über seinem Budget. Das konnte er auch mit einer Ratenzahlung nicht schaffen. Er würde sich vollkommen verschulden. Viel zu riskant. Er konnte anfangs unmöglich so viel verdienen. Er war realistisch. Aus der Traum. Nichts mit dem Leben in dieser Stadt.

Er würde in sein Hotel gehen, auschecken, den Besitzer des Salons anrufen und ihm mitteilen, dass er das Angebot nicht annehmen könne.

Auf dem Weg zum Hotel kam ihm jedoch der Gedanke, dass er genauso gut noch einen Spaziergang durch die Stadt machen und die bereits bezahlte Nacht im Hotel in Anspruch nehmen konnte. Warum sollte er darauf verzichten? Außerdem hatte er noch bis morgen Zeit, um mit dem Besitzer des Salons zu sprechen.

★

Er nahm einen Drink in einer Bar zum Hinunterspülen der Enttäuschung. Anschließend schlenderte er durch die Straßen. Ein Friseursalon lag nun direkt vor ihm. „Alex-Schnitt“, ein ungewöhnlicher Name. Er blieb stehen und betrachtete das Schaufenster. Alles sehr modern und ausgefallen. Fast ein wenig übertrieben, die Dekoration mit den Kunststoffköpfen, einige mit, einige ohne Haare. Im Inneren des Salons herrschte Hochbetrieb. Mehrere Angestellte arbeiteten eifrig an den Haaren der ausschließlich weiblichen Kundschaft. Chris konnte nicht anders. Er musste den Salon betreten.

„Guten Tag. Ich bin Sandra. Was kann ich für Sie tun?“ Eine sehr blonde junge Frau lächelte ihn an. „Ich hätte gerne einen neuen Haarschnitt.“ „Gerne. Der Chef ist gerade frei geworden. Bitte nehmen Sie Platz. Ein Glas Sekt? Kaffee?“ Ein Rundum-Service also. Chris musste fast lachen. Aber nur fast. Denn er würde so schnell keinen eigenen Salon haben, wo er ganz lässig ein Glas Sekt anbieten konnte. Der Chef betrat den Raum. Chris war irritiert. Den kannte er. Er konnte sich sehr gut an ihn erinnern. „Hallo! Ich freue mich. Ein neuer Kunde. Wie schön!“

Alexander Gruber spulte sein Programm ab. Er erkannte Chris scheinbar nicht oder wollte ihn nicht kennen. Chris spielte mit. „Ja, ich bin neu hier in der Stadt. Und ich möchte einen neuen Haarschnitt. Sehr kurz.“ Alexander lächelte süß: „Es wird mir ein Vergnügen sein!“ Ein Lehrling wusch Chris die Haare und gleich darauf stand Alexander wieder bereit. Er blickte in den Spiegel und wirkte plötzlich irritiert. „Kennen wir uns nicht?" Chris lachte: „Natürlich. Ich bin Chris Mayer. Und du bist Alexander Gruber. Wir haben beide eine Lehre bei Gerstner gemacht. Ich habe sie dort auch abgeschlossen. Du hast damals das Handtuch geworfen. Wo hast du die Ausbildung dann abgeschlossen?"

Alexander war nun sichtlich überrascht: „Ja natürlich! Chris! Ich erinnere mich. Was machst du hier in Linz?" „Ich interessiere mich für die Konkurrenz, habe das Angebot bekommen, einen gut eingeführten Salon hier zu übernehmen. Aber ich überlege noch. Ob ich wirklich hier leben möchte. Bin ja doch an größere Städte gewöhnt. Und seit wann besitzt du einen eigenen Salon?" „Schon ein paar Jahre." Es war offensichtlich, dass er nicht über sich selbst sprechen wollte.

Chris gab vorerst auf. Alexander wollte ihm anscheinend nicht sagen, wo er seine Ausbildung abgeschlossen hatte.

Während er ihm mit flinken Händen einen neuen Haarschnitt verpasste, konnte Chris im Spiegel das Treiben im Salon beobachten. Das Geschäft lief gut, das war nicht zu übersehen.

„Auf Wiedersehen, Herr Hattinger!", rief ihm eine ältere, rot gefärbte Dame zu. „Auf Wiedersehen gnädige Frau und vielen Dank!" Alexander war charmant wie früher. Aber warum hatte sie ihn „Hattinger" genannt? Alexanders Nachname war Gruber. Das wusste Chris. Hatte Alexander geheiratet und den Namen seiner Frau angenommen? Warum sonst hieß er Hattinger und nicht Gruber? „Du heißt jetzt Hattinger? Der Name deiner Frau?" Chris konnte es nicht lassen. „Ja, meine Frau, Ex-Frau. Ich bin nicht mehr mit ihr zusammen." Das klang nicht echt. Und nicht nur das. Aber Chris hielt jetzt erstmal den Mund. Er würde sowieso nichts aus Alexander herausbringen.

Als er mit einem neuen Haarschnitt wieder auf der Straße stand, musste er sich eingestehen, dass Alexander sein Handwerk verstand und offensichtlich auch einen guten Geschäftssinn besaß. Aber wie war er zu einer abgeschlossenen Ausbildung gekommen? Chris hatte von einem ehemaligen Kollegen gehört, dass Alexander es einfach nicht geschafft hatte. In der Theorie. Er hatte geschickte Hände, aber mit dem Lernen in der Berufsschule ziemliche Probleme gehabt.

Es ließ ihm keine Ruhe. Im Hotel angekommen, setzte sich Chris vor seinen Laptop. Vielleicht fand er im Internet etwas über Alexander. Aber das Einzige war eine professionell gestaltete Homepage seines Salons. Und ein paar Fotos von der Eröffnungsfeier und einem Event, das ebenfalls im Geschäft stattgefunden hatte. Da fiel Chris ein, dass er jemanden kannte, der vor Jahren mit Alexander befreundet gewesen war. Und den würde er jetzt im Telefonbuch suchen. Er fand ihn und Ernst meldete sich auch sofort. So als ob er das Handy bereits am Ohr gehabt hätte. „Hallo Ernst! Hier ist Chris Mayer! Kannst du dich noch an mich erinnern?“ Er konnte. Und er wusste, was mit Alexander damals passiert war. Der hatte nie eine Friseurlehre abgeschlossen. Schon gar nicht die Meisterprüfung gemacht, um ein eigenes Geschäft zu eröffnen. Er hatte alle möglichen Jobs gemacht und noch vor zwei Jahren in Wien als Kellner in einer Bar gearbeitet. Ernst hatte ihn immer wieder getroffen und war sich absolut sicher, dass Alexander keinen Berufsabschluss hatte. Sehr überrascht war er, als Chris ihm am Telefon erzählte, dass Alexander in Linz ein eigenes Geschäft führte. Wie immer er das geschafft hatte, auf legalem Weg sicher nicht. Darum der Name Hattinger. Keine Ehefrau, deren Namen er angenommen hatte. Er hatte einen ganz anderen Grund gehabt seinen Namen zu ändern.

In dieser Nacht schlief Chris ausgezeichnet. Er würde noch einen Tag länger in Linz bleiben. Es könnte schließlich sein, dass er sich die Übernahme von Josef Stögers Friseursalon nun doch leisten konnte. Es gab noch eine Möglichkeit.

Bestens gelaunt spazierte er nach einem ausgiebigen Frühstück durch die Linzer Innenstadt. Die Sonne schien und die Donau glitzerte unter dem blauen Himmel. Ja, er konnte sich sehr gut vorstellen, hier zu leben. Gleich in der ersten Woche würde er ins Musiktheater am Volksgarten gehen und sich eine Oper, ein Ballett oder vielleicht ein Musical ansehen. Am besten er besorgte sich gleich ein Abonnement für die ganze Spielsaison. Die Qualität der Darbietungen war schließlich über die Landesgrenzen hinaus bekannt.

Die Pläne in seinem Kopf wurden immer mehr. Vergnügt schlenderte er zu Alexanders Salon, ging durch die Türe und blickte in sein erstauntes Gesicht. Chris lächelte süß und setzte sich einfach auf einen freien Stuhl. „Bist du mit deinem Haarschnitt nicht zufrieden? Habe ich zu kurz geschnitten?“ Alexander war sichtlich irritiert. Chris genoss die Situation: „Aber nein. Der Haarschnitt ist ausgezeichnet. Wirklich wunderbar. Wenn man bedenkt, dass du deine Ausbildung nie abgeschlossen hast. Eine beachtliche Leistung.“ Alexanders Gesicht hatte sich versteinert. Regungslos stand er da. Sagte keinen Ton. Nichts.

Chris hatte erwartet, dass ihm Alexander irgendeine Geschichte auftischen würde. Aber der stand da und sagte ohne jede Emotion: „Was willst du?“ „Ach, ich will eigentlich gar nichts. Ich werde jetzt Herrn Stöger anrufen und ihm sagen, dass ich sein Geschäft übernehmen werde, weil ich das Geld für die Ablöse nun aufbringen kann. Er wird sich freuen. Das ist doch eine wirklich gute Idee. Findest du nicht auch?“ Chris lächelte Alexander zuckersüß an. Doch der war wie erstarrt. Im Geschäft war heute noch nicht viel los und die beiden einzigen Kundinnen wurden von Angestellten bedient. Niemand hatte die Szene bemerkt. Alexander war kreidebleich. Chris machte noch einen Vorstoß: „Ich muss jetzt leider gehen. Herr Stöger wird schon warten. Das Geld, ach übrigens dreißigtausend Euro, das bringe ich ihm dann morgen. Aber vorher schaue ich noch bei dir vorbei. Ich muss dir schließlich erzählen, wem ich eventuell noch von unserem Zusammentreffen berichten werde. Aber vorher sehen wir uns ja noch einmal. Also dann bis morgen. Einen schönen Tag wünsche ich dir noch!“ Und weg war er. Einfach aufgestanden und beschwingt zur Türe hinaus. Alexander starrte ihm fassungslos nach.

Chris rief Josef Stöger an und ersuchte noch um einen Tag Bedenkzeit. Aber er signalisierte ihm, dass er mit hoher Wahrscheinlichkeit den Kaufvertrag unterschreiben würde. Dann gönnte er sich ein Mittagessen in einem Restaurant direkt an der Donau. Von der Terrasse aus hatte man einen schönen Blick auf die Kreuzfahrtschiffe, die hier anlegten. Insgesamt vier waren es heute. Chris genoss die Aussicht und bestellte noch ein zweites Glas Champagner. Die Zukunft lag vor ihm. Morgen früh würde er zu Alexander gehen und anschließend direkt zu Josef Stöger. Sobald er die Papiere für den Salon in der Tasche hatte, würde er sich hier in Linz eine Wohnung suchen. Alles war wunderbar. Er verbrachte den restlichen Tag in der Stadt, erst als es dunkel wurde, ging er zurück zum Hotel. Er nahm den Weg durch die Altstadt, in der heute, an einem Dienstag, nicht allzu viel los war. Vom Tummelplatz aus führte eine schmale Gasse hinunter zur Donau. Kein Mensch war zu sehen. Die Straße an der Donau war zwar hell beleuchtet, aber ziemlich ruhig um diese Zeit. Chris blieb stehen und schaute aufs Wasser.

Er war nicht allein hier. Als er sich dessen bewusst wurde, stand bereits jemand direkt hinter ihm.

Er kannte den Mann. Langsam ging Chris zu Boden.

Eine Blutlache bildete sich. Als sein Herz zu schlagen aufhörte, lag die Donau dunkel und schwarz vor ihm.

DIE FRAU IM SCHATTEN

Er gefiel ihr. Groß, schlank, dunkelhaarig. Ein attraktiver Mann. Unauffällig drehte sie sich in seine Richtung, er sollte nicht bemerken, dass sie ihn beobachtete. Das wäre peinlich.

Der Kellner sprach sie an. „Nein, ich möchte nichts mehr, danke“, antwortete sie auf seine Frage, ob er ihr noch etwas bringen dürfe.

Der attraktive Mann nippte an seiner Kaffeetasse. Und drehte sich plötzlich zur Seite, blickte Anne direkt ins Gesicht. Sie errötete. Damit hatte sie nicht gerechnet. Dass er bemerkt hatte, dass sie ihn anstarrte. Ihre Augen trafen sich. Sein Blick signalisierte, dass er wusste, was sie gedacht hatte. Offensichtlich war er sich seiner Attraktivität bewusst.

Hastig winkte sie dem Kellner. „Schnell zahlen und dann raus hier“, dachte sie. Sonst würde die Situation wirklich noch peinlich werden. Als ob sie es nötig hätte, einen Mann anzustarren, der dann vielleicht dachte, dass sie ihn anmachen wolle.

Der Kellner kam nach einer Ewigkeit, in der sie nicht wusste, wohin sie schauen und was sie mit ihren Händen machen sollte. Umständlich reichte er ihr die Rechnung. Sie gab ihm einen Geldschein und stand schnell auf. Wollte kein Wechselgeld. Das Trinkgeld war hoch und der Kellner bedankte sich laut. Sie hörte es kaum noch, war schon aufgesprungen und mit ihrem Mantel in der Hand aus dem Café gerannt. Jetzt noch schnell ein Taxi bekommen und weg von hier. Auf der stark befahrenen Straße war jedoch keines zu sehen. Sie musste also zu Fuß diesen peinlichen Schauplatz verlassen. Schnell lief sie. Blieb hundert Meter weiter außer Atem stehen und drehte sich um. Nein, er war ihr nicht gefolgt.

Warum auch! „Jetzt bilde ich mir schon ein, er würde mir nachlaufen", Anne war irritiert über ihre eigenen Gedanken. Aufgewühlt betrat sie kurze Zeit später ihre Wohnung. Noch nie hatte ein Mann sie so verwirrt, dass sie sich nicht mehr im Griff hatte.

Um sich abzulenken, setzte sie sich an ihren Schreibtisch, ein paar Werbetexte mussten heute noch bearbeitet werden. Es gelang ihr. Nach kurzer Zeit war sie in ihre Arbeit vertieft und die Begegnung in dem Café in der Linzer Innenstadt war vergessen. Fast. Die Sonne, die frühlingshaft ins Zimmer schien, verleitete sie schließlich dazu, wieder an ihn zu denken. Der Frühling hatte auf sie jedes Jahr aufs Neue eine besondere Wirkung. Sie dachte daran, wie es wäre, nicht mehr allein zu sein.

Nicht mehr Single, nicht mehr ständig auf der Suche. Offiziell war sie natürlich zufrieden mit ihrer Freiheit. Nach außen die Frau, die es gar nicht nötig hatte, nach einem Mann Ausschau zu halten. Sie war schließlich schon vierzig, an Heirat und Kinder wollte sie nicht mehr denken. Nur manchmal daran, dass es nicht immer schön war, allein zu leben. Zu jeder Jahreszeit allein zu sein.

Vor einigen Jahren war das anders. Sie hatte jemanden. Und sie passten wunderbar zusammen. Alle waren begeistert von diesem Paar. So schön, so harmonisch, so vollkommen. Ihre gemeinsame Zukunft war so gut wie sicher.

Alles nur Schein. Er konnte gut verbergen, was er in der Zeit tat, in der er nicht mit ihr zusammen war. Es dauerte lange, bis sie dahinterkam, was er so trieb, in den vielen Stunden, die er in seiner Firma verbrachte. Der Schock kam über Nacht. Sie erfuhr es. Aber nicht von ihm. Andere mussten es ihr sagen. Er nicht. Er dachte, sie würde nie dahinterkommen. Für wie naiv er sie gehalten hatte!

„Es ist lange her", dachte Anne, wenn sie wieder einmal an seinem Grab stand und weiße Lilien in die Vase steckte. Lilien deshalb, weil er sie gehasst hatte. Allein den Geruch hatte er ekelerregend gefunden. Darum musste er sie hier auf seinem Grab ertragen. Weil sie seinetwegen so viel gelitten hatte.

„Es ist lange her", dachte Anne nochmals und arbeitete weiter an den unsäglichen Werbetexten einer Firma, in der man kein Gespür dafür hatte, was ein potenzieller Kunde gerne lesen würde. Sie musste alles neu schreiben. War auch gut so. Dann war sie wenigstens beschäftigt und konnte nicht in dunklen Gedanken versinken.

★

Anne bummelte mit Alice, ihrer besten Freundin, über den Linzer Südbahnhofmarkt. Der schönste Markt, den es gab. Fand Alice. Sie war süchtig nach dieser Atmosphäre. Marktstand an Marktstand aneinandergereiht. Dreimal pro Woche. Dienstag, Freitag und Samstag. In den hinteren Gassen befanden sich kleine Stände, die Gemüse, Obst, Eier, Kräuter, Blumen und je nach Saison noch manch anderes anboten. Dazwischen Kaffeehäuser, Bäckereien, Fleischhauer, Geschäfte mit Waren aller Art und Kioske, in denen es Köstlichkeiten zu essen gab. Allein schon die Gerüche animierten zum Verweilen und Einkaufen. Die beiden brauchten nicht lange zu überlegen. Sie fanden, was sie suchten, und kauften Fleisch, Gemüse und Obst. Ein gemeinsames Abendessen war geplant. „Sieh dir diese Ananas an!", rief Anne und drehte sich zu Alice um.

Aber sie blickte nicht in die Augen von Alice, sondern in jene Augen, in die sie vor zwei Tagen das erste Mal gesehen hatte und die sie niemals wieder vergessen würde. Ihr Herz machte einen zusätzlichen, außerordentlichen Schlag. So einen, bei dem man kurz die Luft anhalten musste. Einen unangenehmen zusätzlichen Herzschlag. Anne hustete. Der Mann lächelte sie an. „Ich habe Sie doch nicht erschreckt, oder?“, fragte eine samtweiche Stimme. Anne starrte ihn an. Genauso wie vor zwei Tagen in dem Café. Bis sie einen Ton herausbrachte, verging eine kleine Ewigkeit. So erschien es ihr zumindest. „Nein, nein“, stotterte sie.

Die dunklen Augen lächelten noch immer: „Nun haben wir uns bereits zum zweiten Mal getroffen. Der Zufall ist also auf unserer Seite. Darf ich Sie auf einen Kaffee einladen?“

Anne sagte etwas zu schnell: „Gerne“, und wollte sich anschließend am liebsten auf die Zunge beißen. Sollte er sie bisher noch nicht für vollkommen naiv gehalten haben, jetzt würde er es sicher tun. Und spätestens nach ihrem gemeinsamen Kaffee würde er sich allein oder vielleicht sogar mit seinen Freunden über sie totlachen. Das alles ging ihr durch den Kopf, während sie ihm gegenüberstand und er eine einladende Geste in Richtung des gegenüberliegenden Kaffeehauses machte. Anne hatte Alice vollkommen vergessen. Die stand nun lachend zwischen ihr und diesem Mann.

„Möchtest du uns nicht vorstellen, Anne?“ Alice war wie immer sehr direkt und überging Annes Verlegenheit ganz einfach.

„Oh, das ist nicht so einfach“, sagte die samtweiche Stimme mit den unglaublichen Augen. „Wir kennen uns nur flüchtig und ich konnte mich der Dame noch gar nicht vorstellen. Ich heiße Viktor Hansen.“

„Sehr erfreut! Ich heiße Alice Berger und das ist meine Freundin Anne Stein“, sprudelte es aus Alice heraus. Ihr war nie irgendetwas peinlich. „Die Idee mit dem Kaffeetrinken finde ich sehr gut. Ich überlasse Ihnen Anne jetzt, denn ich bin schon spät dran und muss dringend nach Hause.“ Sie umarmte Anne kurz, winkte dem Mann zu und weg war sie. Anne stand da und wusste nicht, was sie sagen sollte. Aber er hatte alles im Griff, nahm sie am Arm und zog sie in Richtung des Cafés. Da saßen sie sich dann gegenüber und Anne brachte wieder keinen Ton heraus. Das war aber auch gar nicht nötig, denn er redete und sie hörte ihm zu. Er erzählte ihr, dass er hier auf Geschäftsreise war und noch drei Tage in der Stadt bleiben würde. Er war in einer Firma für Export tätig und reiste viel.

Es war klar, dass sie nun endlich etwas sagen musste: „Ich wohne hier um die Ecke und arbeite als selbstständige Lektorin. Meine Wohnung ist auch mein Arbeitsplatz.“ Sie hatte ihre Sprache wiedergefunden.

Viktor Hansen lächelte. „Wie interessant! Ich bin noch nie einer Lektorin begegnet. Was lektorieren Sie denn?“

„Oh, alles Mögliche. Werbetexte, Informationsbroschüren, Manuskripte und noch so einiges mehr“, antwortete Anne. Sie fühlte sich nun schon etwas sicherer. Er machte nicht den Eindruck, als ob er sich anschließend über sie totlachen würde. Im Gegenteil, er war ernsthaft und charmant zugleich. Für Annes Singledasein ein wahrer Glücksfall. Aber die Zweifel kamen gleich darauf. „Er ist sicher verheiratet“, dachte sie. Und hatte nicht damit gerechnet, dass er Gedanken lesen konnte.

„Ich lebe übrigens getrennt von meiner Frau. Sie bereitet sich gerade auf ihr neues Leben in Amerika vor und wird mit ihrem Freund in Kürze dorthin übersiedeln“, sagte er mit einem unglaublich charmanten Lächeln.

Eine Welle der Erleichterung. Aber sie war unsicher, ob sie ihm erzählen sollte, dass sie seit Jahren ihr Leben allein verbrachte und dass sie die Möglichkeit einer Partnerschaft schon gar nicht mehr zu hoffen wagte. Es war besser, es nicht zu erzählen, beschloss Anne. Einfach zu früh und zu unpassend. Beim ersten Kaffee sprach man nicht über so etwas Persönliches.

Leise fragte er: „Darf ich Sie wiedersehen?“ Und sie konnte nichts anderes tun, als augenblicklich ja zu sagen. Sie trennten sich, aber erst nachdem sie ihre Telefonnummern ausgetauscht hatten.

Anne schwebte nach Hause. An Arbeit war heute nicht mehr zu denken. Unmöglich, dass sie auch nur einen einzigen Text fehlerfrei korrigieren könnte. Mit Musik und vielen Gedanken im Kopf auf der Couch liegen, das war möglich, sonst nichts. Als Alice anrief, hob sie zuerst nicht ab. Sie wollte keine Fragen beantworten. Nur mit ihren Gedanken allein sein. Doch dann rief sie zurück und sagte das gemeinsame Abendessen ab, als Ausrede gab sie starke Kopfschmerzen an. Alice hatte wie immer Verständnis.

Das nächste Treffen mit Viktor folgte und wurde zu einem romantischen Abend, der in ihrer Wohnung beim Frühstück endete. Sie fühlte sich wie auf Wolken und konnte ihr Glück kaum fassen.

Zu schnell waren seine drei Tage in der Stadt zu Ende und er musste zurück nach Hause in seine Firma. „Ich komme in zwei Wochen wieder. Wirst du auf mich warten?“, fragte er beim Abschied. Anne nickte und wusste nicht, wie sie die zwei Wochen ohne ihn überstehen sollte.

Doch die Zeit verging und er kam wieder. Sie stand am Flughafen und holte ihn ab. Die nächsten Tage, er blieb diesmal eine Woche, waren die schönsten ihres Lebens.

Ihre Treffen fanden regelmäßig in ihrer Stadt, in ihrer Wohnung statt. Er brauchte nun kein Hotelzimmer mehr. Sie trennten sich ausschließlich für seine kurzen geschäftlichen Termine, die restliche Zeit verbrachten sie zusammen.

Eines Abends, er war wieder bei sich zu Hause, rief sie ihn wie immer auf seinem Handy an. Eine weibliche Stimme meldete sich. Anne erschrak und legte auf.

★

Die Zeit war langsam vergangen, aber sie hatte sich daran gewöhnt. Nur die Kälte war ein Problem. Es war Winter und das Haus war nur unzureichend beheizbar. Man musste sich auch drinnen warm anziehen. Leider war das kaum möglich. Die meisten ihrer warmen Kleidungsstücke befanden sich in ihrer Wohnung in der Stadt, aber dorthin konnte sie momentan nicht. Sie musste ihre Zeit hier in diesem dunklen Haus, mitten im Wald, weit weg von der nächsten Siedlung verbringen. Hoch über der Donau. Keine Gegend, wo Spaziergänger, Wanderer oder Jogger anzutreffen waren. Zu unwegsam war es hier. Und doch so schön. Still. Dunkel, umgeben von unzähligen Nadelbäumen, die kaum Licht zu diesem kleinen Haus durchließen. Ein Förster hatte es vor vielen Jahren einmal benutzt. Aber nur fallweise. Nie war es über längere Zeit bewohnt gewesen. Kaum jemand kannte es. Die Donau war nicht weit entfernt und doch kam niemand hierher. Die Menschen wollten immer nur dorthin, wo auch andere Menschen waren. Wo es Ausflugsgasthäuser gab, die deftige Mahlzeiten und Mehlspeisen anboten. So etwas gab es hier nicht. Weit und breit nicht. Einsamkeit rundherum.

Gefangen war sie hier. Sie konnte kaum einen Schritt aus dem Haus machen. Nur einmal kurz hinaus, dann musste sie schon wieder ins Innere dieses kalten, finsteren Hauses. Niemand wusste, dass sie hier war. Niemand wusste, dass sie hier nicht sein wollte.

Dass sie hier nicht wegkonnte. Immer war er in ihrer Nähe. Er, der diese unglaubliche Stimme hatte. Diese Stimme, die sie umschmeichelt hatte und der sie sofort verfallen gewesen war. Diese Augen, mit denen er sie so vertrauensvoll angesehen hatte. Angelogen hatte er sie. Mit diesem Lächeln und mit seiner Stimme. Wie hatte sie nur auf ihn hereinfallen können! Es hätte ihr merkwürdig vorkommen müssen, dass seine Frau angeblich nach Amerika auswandern wollte, dass sie seit langem einen anderen hatte. Das war doch eine Geschichte, die man gar nicht glauben konnte. Nur Anne konnte so blöd sein, für wahr zu halten, was er ihr da aufgetischt hatte. Er, der attraktive Mann, wurde von seiner Frau wegen eines anderen verlassen. Alles war gelogen. Von der ersten Begegnung an, hatte er sie angelogen. Spaß haben wollte er. Ein unverbindliches Abenteuer auf seinen Geschäftsreisen, die sonst langweilig wären. Gefährlich war er. Er wollte sie zerstören. Sie für immer vernichten. Wie ein Mörder. Nur, dass er sie nicht gleich umgebracht hatte, sondern hier mit ihr in diesem Wald oberhalb der Donau war, so nah an der Stadt.

Sie wusste, irgendwann würde es geschehen.

Das Unausweichliche. Wie im Fernsehen. Oder im Kino.

Seine Augen lächelten nicht mehr. Schon lange nicht mehr. Gleich, als sie hier angekommen waren, hatte er aufgehört zu lächeln. Sein Blick war dunkel wie der Wald, der sich rund um dieses Haus befand. Seit ein paar Wochen sprach er auch nicht mehr mit ihr. Er war stumm geworden. Aber Anne wollte reden. So etwas wie Normalität aufrechterhalten. Daher auch die Gespräche, die sie nur mit sich selbst führen konnte. Sie redete mit ihm, auch wenn er ihr nicht antwortete. Er schwieg und sein Blick war kalt und leer. Aber sie musste reden. Reden, um am Leben zu bleiben. Dann konnte sie für einen kurzen Augenblick vergessen, was er ihr angetan hatte. Dass er die größte Enttäuschung ihres Lebens war. Dass es noch viel schlimmer war als mit dem anderen damals. Der Mann, zu dessen Grab sie regelmäßig weiße Lilien brachte. Das hier stellte alles in den Schatten.

Nicht einmal jetzt wollte er die Wahrheit sagen. Er wollte nicht zugeben, dass er eine ganz normale Ehe führte und seine Frau zu keiner Zeit vorhatte, ihn zu verlassen und nach Amerika zu gehen. Dass er sich das alles nur ausgedacht hatte, um sie zu kriegen. Um seine langweiligen Geschäftsreisen amüsant zu gestalten.

Obwohl sie schon so lange allein hier waren, hatte er es nie zugegeben. Standhaft weigerte er sich, ihr die Wahrheit zu sagen. Er spielte noch immer den Unschuldigen. Trotz allem was passiert war.

Er war vorsichtig. Er sprach nicht mehr mit ihr. Er sah sie nicht an. Er erwiderte keinen ihrer Blicke. Er schaute auf den Boden, wenn sich ihre Augen eigentlich begegnen müssten. Wenn er so etwas wie ein schlechtes Gewissen hatte, dann merkte man es nur daran, dass er ihr nicht mehr ins Gesicht schauen konnte.

Als es wieder einmal Abend und der Wald noch dunkler geworden war, zog sie sich in die Ecke zurück, in der das alte Sofa stand. Sie wickelte sich in die Decke und versuchte zu schlafen. Sie konnte nicht sehen, was er gerade machte. Er war im Nebenraum. Die Türe zwischen den beiden Zimmern war abgeschlossen.

Sie musste jetzt schlafen. Morgen war ein neuer Tag. Vielleicht würde er dann mit ihr sprechen. Jeden Tag hoffte sie das Gleiche. Dass er ihr alles beichten würde. Dass er ihr bestätigen würde, dass sie recht gehabt hatte mit ihrer Vermutung.

Aber auch der nächste Tag brachte kein Gespräch. Und doch war an diesem Tag etwas anders als all die Tage davor, seit sie hier angekommen waren.

Sie spürte eine seltsame Unruhe. Sie fühlte sich nicht wohl. War es eine Vorahnung oder bildete sie sich das nur ein? Ständig hörte sie Geräusche im Wald. Konnte sie überhaupt jemand finden hier draußen? Wer sollte denn ahnen, dass dieses alte baufällige Holzhaus seit fast einem Jahr bewohnt war? Hatte jemand beobachtet, dass in größeren Abständen Lebensmittel herangeschafft wurden? Hatte jemand beobachtet, dass sich Menschen in dem Haus aufhielten? Und wer sollte vermuten, dass hier jemand gefangen gehalten wurde? Nun ja, es könnte eine Vermisstenanzeige geben. Vielleicht würde sie jemand suchen. Doch gleich darauf verwarf sie den Gedanken. Selbst wenn die Polizei sie suchen würde, wie sollten sie auf dieses Haus kommen?

Es gehörte jemandem, der es scheinbar vergessen hatte. Oder der nicht mehr lebte und keiner der Erben interessierte sich dafür. Es gab mehrere Möglichkeiten, warum seit fast einem Jahr hier kein menschliches Wesen aufgetaucht war.

Die Geräusche draußen im Wald waren wieder verstummt. Bestimmt hatte sie sich alles nur eingebildet.

Als die Türe mit einem lauten Krach nach innen flog und eine Gruppe schwarz gekleideter Männer hereinstürmte, war sie ruhig, aber sprachlos.

Sie waren aus dem Nichts gekommen und standen plötzlich vor ihr. Einer der Polizisten befand sich direkt vor ihr. Ganz nah. Dann griff er nach ihr und hielt sie fest. Die anderen Polizisten stürmten die Türe zum Nebenraum.

Viktor Hansen saß auf einem Sessel und schaute ungläubig auf die Menschen, die nun vor ihm standen. Seine Hände waren mit Eisenketten gefesselt. Ein Polizist fragte ihn sanft: „Sind Sie Viktor Hansen?“ Er nickte. „Ihre geschiedene Frau konnte Sie nicht mehr erreichen und so hat sie bereits vor Monaten von Amerika aus eine Vermisstenanzeige aufgegeben. Wir sind sehr froh, dass wir Sie endlich gefunden haben!“ Viktor nickte schweigend.

Anne sah dem Polizisten in die Augen und sagte: „Er spricht nicht mit mir. Obwohl er ein Jahr Zeit gehabt hätte, seine Lügen zuzugeben. Er ist nicht bereit die Wahrheit zu sagen. Sie können ihn haben. Ich brauche ihn nicht mehr.“

TOD IM PARK

Es würde ein erfolgreicher Abend werden. Er konnte es deutlich spüren. Das Gefühl des Geldes. Er genoss die Atmosphäre. Spannungsgeladen. Freudige Erwartung. Es ging ums Gewinnen. Nur um das. Er musste spielen. Jetzt oder nie.

Nach zwei Stunden war alles erledigt. Vorbei. Die Summe, die er heute verloren hatte, stellte alles, was er bisher verspielt hatte, in den Schatten. Jetzt konnte er nicht, wie sonst, gleich am nächsten Tag wieder ins Casino gehen. Denn sie würden ihn sperren. In jedem Casino. In ganz Österreich. Dann blieben ihm nur noch die illegalen. Auf die eventuell vorhandenen Lücken in der Spielerregistratur konnte er nicht vertrauen, zu groß war die Gefahr, dass er seinen Job verlieren könnte. Wenn das überhaupt noch abzuwenden war. In einem Anfall von Wut schrie er: „Verdammt noch mal!", und das so laut, dass sich die Frau, die ein ganzes Stück vor ihm gegangen war, umdrehte. Er tat so, als ob der Schrei nicht von ihm gekommen wäre. Sie schüttelte den Kopf und ging weiter. Er musste sich zusammenreißen, sonst war gleich alles aus. Morgen würde er wieder zur Arbeit gehen. Niemand durfte etwas bemerken. Er würde jetzt noch einen kleinen Spaziergang machen und dann zu seinem Auto gehen und nach Hause fahren. Wo er das Geld auftreiben würde, um seine Schulden zu bezahlen, konnte er sich später überlegen. Das musste nicht sofort sein.

Er kam bei einem Hotel vorbei, eine Gruppe von Menschen strömte heraus. Er musste stehen bleiben, ansonsten wäre er mit ihnen zusammengestoßen. Sie unterhielten sich laut und beachteten ihn nicht. Er ging ein Stück hinter ihnen. Langsam zerstreute sich die Gruppe, bis schließlich nur noch eine elegant aussehende Frau in einem Pelzmantel übrigblieb. Alleine ging sie vor ihm her. Sie schien es eilig zu haben. Irgendetwas trieb ihn dazu, ihr zu folgen. Obwohl er eigentlich vorhatte zu seinem Auto, das in einer Seitenstraße geparkt war, zu gehen. Der Pelzmantel, den sie trug, machte den Eindruck, als ob er echt wäre. Und doch konnte es sich auch nur um eine gut gemachte Kopie handeln. Schließlich gab es so etwas überall zu kaufen. Pelz, der nicht echt war, gefälschte Schmuckstücke und noch so einiges, das nicht den Wert hatte, den der Anblick versprach. Er hatte immer wieder mit so etwas zu tun.

Die Frau kam zu einer Fußgängerampel und musste stehen bleiben. Obwohl er das eigentlich gar nicht wollte, holte er sie ein. So als ob er sie verfolgen würde. Ein unangenehmes Gefühl. Warum nur?

Sie drehte sich ihm zu. Eine schöne Frau. Bestimmt über dreißig. Sehr attraktiv. Sie gefiel ihm. Und lächelte. Unglaublich. Sie trug keinen Schal, aber um ihren Hals ein Collier. Sollte es echt sein, musste es ein Vermögen wert sein. Die Ampel wurde grün und die Frau ging weiter. Er blieb wieder hinter ihr. Wenige Schritte. Sie waren nun in der Herrenstraße, gleich würden sie zum Mariendom kommen. Der Dompark lag bereits vor ihnen. Er musste daran denken, wie er bei „Klassik am Dom“ hier das Konzert von Elina Garanca erlebt hatte. Fast viertausend Menschen. Er mittendrin. Fasziniert von der Stimme dieser Frau und ihrer Bühnenpräsenz. Warum ihm das gerade jetzt einfiel, war ihm ein Rätsel.

Die Frau vor ihm ging nun immer schneller. Warum? Hatte sie Angst? Vor ihm? Fast musste er lachen. Sie begann zu laufen. Er musste nun deutlich schneller werden, um sie nicht zu verlieren. Was wollte er von ihr? Hier am Domplatz?

Hell erleuchtet und majestätisch stand der Linzer Mariendom vor ihm. Der Park lag im Dunkeln. Fast. Aber nicht ganz. Da waren die Laternen, die ein sanftes Licht auf das dunkle Grün der Bäume warfen.

Die Frau lief ihm nun regelrecht davon. Direkt in den Park hinein.

In die falsche Richtung.

Nach ein paar Metern hatte er sie eingeholt.

Mit einem gezielten Griff brach er ihr das Genick. Lautlos ging sie zu Boden. Hatte keine Möglichkeit gehabt, sich zu wehren. Er wusste, wie er es machen musste.

Mit offenen Augen lag sie vor ihm. Das Collier glitzerte unter der Laterne. Rundherum Stille. Kein Auto fuhr durch die Herrenstraße. Kein Mensch ging am Fußgängerweg. Niemand war in der Nähe des Doms zu sehen. Vollkommen ruhig öffnete er den Verschluss des Colliers in ihrem Nacken und steckte es in seine Tasche. Erst jetzt bemerkte er die Ohrringe. Sorgfältig löste er sie aus ihren Ohrläppchen. Seine Handschuhe erschwerten die Handlungen, waren aber notwendig. Nicht nur, weil es heute sehr kalt war.

Er schloss ihre Augen und verließ den Dompark.

Zu Hause genehmigte er sich einen Drink und summte zufrieden vor sich hin. Das Collier mitsamt den Ohrringen lag im Safe. Dort würde er es für einige Zeit belassen. Niemand würde es dort vermuten. Dann würde er ins Ausland fahren und es zu Geld machen. Bis zu diesem Zeitpunkt kam er finanziell über die Runden und anschließend würde er seine Schulden los sein. Alle. Schuldenfrei für alle Zeiten. Niemals mehr würde er ein Spielcasino betreten, niemals mehr Geld in einen

Spielautomaten einwerfen. Ein neues Leben. Ein guter Gedanke. Darum der tiefe Schlaf. Er hatte es geschafft.

★

Mit geschlossenen Augen lag sie da. In der Kälte. Starr und steif. Ein Priester hatte sie gefunden, als er frühmorgens zum Dom wollte. Schockiert hatte er Rettung und Polizei verständigt. Der Notarzt konnte nichts mehr für sie tun. Aber er teilte den Polizisten mit, dass es sich wahrscheinlich um keinen natürlichen Tod handeln würde. Man rief die Kriminalpolizei.

Bezirksinspektor Konrad Mohr stieg aus seinem Wagen. Der Morgen war kalt, es war dunkel und er hatte eigentlich keine Lust, sich so früh am Morgen eine Leiche anzusehen. Ein knappes „Morgen!“ in Richtung der Streifenpolizisten und dann ein schneller Blick auf die Frau im Pelz, die vor ihm auf dem Boden lag. Plötzliche Übelkeit überkam ihn. Aber er ließ sich nichts anmerken. Schluckte und zog die Einmalhandschuhe an. Eine kurze Untersuchung, das musste genügen. Schließlich gab es noch die Gerichtsmedizinerin. Die genaue Totenbeschau war ihre Aufgabe. „Wann kommt die Ärztin?“, er sah in die Runde der Polizisten. Ein dienstbeflissener sehr junger Beamte antwortete sofort: „Die Frau Doktor ist bereits unterwegs“, Mohr nickte „und die Forensiker“, beeilte sich der junge Beamte zu ergänzen. Konrad Mohr nickte wieder. Er würde sich inzwischen die Umgebung ansehen. Fundort war Tatort. In diesem Fall zumindest. „Hallo Konrad!“ Doktor Valentina Hirsch stand hinter ihm. Sie sah aus, als wäre sie soeben aus dem Bett gestiegen. Verschlafen und nicht besonders gut frisiert. Trotzdem sah sie schön aus. Und sie war eine ausgezeichnete Gerichtsmedizinerin. Brillant und scharfsinnig. Flink in der Analyse und genau in ihren Berichten.

Das wusste auch sein Chef, aber der war zum Glück gerade auf Urlaub. Ein idealer Zeitpunkt.

Konrad konzentrierte sich auf die Leiche. Schließlich musste er hier seinen Job machen. Die Frau war wirklich schön. Mindestens dreißig Jahre alt, schlank, langes dunkles Haar. Der Pelzmantel, den sie trug, war offensichtlich echt. War bereits selten heutzutage, so ein echter Pelzmantel. Wenn jemand einen besaß, überlegte er sehr genau, wann und wo er ihn trug. Es gab schließlich überall Tierschützer, die ihren Unmut über einen echten Pelz mit Farbe aus Spraydosen zum Ausdruck brachten. Das dachte zumindest Konrad Mohr. „Sie trägt keinen Schmuck, aber der Pelz dürfte echt sein", konstatierte er. Dr. Hirsch nickte. Unter dem Pelz trug die Frau ein knappes elegantes Kleid. Eine kleine Handtasche lag neben ihr. Konrad Mohr öffnete sie. Eine Geldbörse mit etwas Bargeld und einer Kreditkarte, ein teures Handy und Schminkutensilien. Auf der Kreditkarte stand der Name „Reingard Hain". „Raubmord war das keiner", murmelte Mohr. „Die Handtasche hat der Täter ignoriert." Dr. Hirsch war in die Untersuchung der Leiche vertieft. „Scheinbar Genickbruch. Ich glaube aber nicht, dass es ein Sturz war. Sie hat sonst keine offensichtlichen Verletzungen. Genaueres nach der Obduktion. Das kennst du ja." Sie grinste ihn an. Konrad versuchte ebenfalls ein Grinsen. Er winkte den Uniformierten zu: „Ihr könnt sie wegbringen lassen". Der junge dienstbeflissene Beamte sprang herbei: „Sehr wohl, Herr Chefinspektor!" „Wirklich übertrieben, dieser Typ", dachte Konrad. Nur weil sein Chef auf Urlaub war, nannte er ihn jetzt Chefinspektor. Aber er sagte nichts, verabschiedete sich mit einer Handbewegung von Dr. Hirsch und stieg in seinen Wagen. Er brauchte jetzt erstmal einen starken Kaffee. Die Ermittlungen würden schleppend verlaufen. Die Frau war alleinstehend gewesen, der Abend musste erst rekonstruiert werden. Wie und warum sie in den Dompark gekommen war, schien unerklärlich. Sie musste in Panik gewesen sein. In einer Gefahrensituation in einen dunklen Park zu laufen, war nicht logisch. In einer Sache konnte ihnen eine Freundin der Toten, die sie aufgrund ihres Handys ausfindig gemacht hatten, weiterhelfen.

Reingard Hain war am Vorabend in einer nahegelegenen Hotelbar zu einer Feier eingeladen gewesen. An so einem Abend trug sie üblicherweise ihren wertvollen Schmuck, den sie von einer jung verstorbenen, sehr gut situierten, alleinstehenden Verwandten, geerbt hatte. Ein Collier und passende Ohrringe dazu. Beides war verschwunden. In der Wohnung der Toten gab es einen Safe, darin befanden sich jedoch nur Bargeld und ein paar Wertpapiere. Kein Schmuck. Kein Hinweis auf ein eventuelles Bankschließfach. Aber ein Foto des Schmuckes. Ein Collier und Ohrringe. Als ihre Leiche gefunden wurde, trug sie jedoch keinen Schmuck. Also kam wieder Raubmord in Frage. Auch wenn der oder die Täter ihre Handtasche unberührt gelassen hatten. Fingerabdrücke waren natürlich keine vorhanden und auch keine DNA-Spuren. Rein gar nichts. Zeugen schien es auch keine zu geben. Niemand in der Umgebung hatte irgendetwas gesehen oder gehört. Die uniformierten Polizisten hatten alle Bewohner der umliegenden Häuser befragt und auch die Angestellten der Hotelbar. Die konnten sich zwar an Reingard Hain erinnern, aber nichts Ungewöhnliches berichten. Es gab derzeit keine Spur, rein gar nichts. Und der Schmuck, von dem sie in der Wohnung der Toten ein Foto gefunden hatten, war nicht auffindbar. Alle möglichen Händler waren informiert worden und hatten ein Foto erhalten. Es war jedoch unrealistisch, dass der Schmuck jemals wieder in Österreich auftauchen würde. Sicherlich war er bereits ins Ausland geschafft worden.

Konrad war müde. Trotzdem konnte er nicht schlafen. Er träumte davon, alles hinzuschmeißen und seinen Job an den Nagel zu hängen. Irgendwo im Süden ein neues Leben beginnen. Weg von den Kriminellen, weg von der Bürokratie, von unzähligen Formularen und Kleinkram bei der Aufklärung von irgendwelchen Straftaten. Mord kam hier selten vor. Linz war eine sichere Stadt. Die Kriminalitätsrate niedrig.

Er musste sich zusammenreißen, eine Strategie finden, bis sein Chef wieder vom Urlaub zurückkam. Er musste die Sache regeln.

★

Im Regionalprogramm liefen die vorabendlichen Nachrichten aus Oberösterreich. „Heute Morgen wurde im Linzer Dompark die 35-jährige Reingard H. tot aufgefunden. Sie ist offensichtlich ermordet worden." Ein Polizeisprecher wurde eingeblendet: „Die Kriminalpolizei hat die Ermittlungen aufgenommen. Zum gegenwärtigen Zeitpunkt muss man von einem Verbrechen ausgehen ..." Die nächsten Worte hörte Ewald Brunner nicht mehr. Der Name und das Alter passten genau zu seiner Kollegin Reingard Hain. Es gab eigentlich keine Zweifel. Die Nachricht hatte ihn in eine Schockstarre versetzt. Er nahm sein Handy und wählte ihre Nummer. Am anderen Ende der Leitung meldete sich eine männliche Stimme. „Wer sind Sie?", fragte Ewald Brunner. „Polizei". Da legte er sofort auf.

Am vergangenen Abend hatten sie noch alle gemeinsam in der Hotelbar gefeiert. Und nun war sie offensichtlich tot. Er war fassungslos. Es war Wochenende und daher hatte sie heute keiner der Kollegen vermisst. Alle waren zu Hause, niemand in der Firma. Er versuchte sich an das Ende der Firmenfeier zu erinnern. Sie hatten alle gemeinsam die Bar verlassen. Nichts war ungewöhnlich an diesem Abend. Entspannt hatten sie sich voneinander verabschiedet und waren ihrer Wege gegangen. Er musste mit den anderen sprechen. Zuerst aber mit dem Chef. Ewald Brunner rief ihn an. Sagte ihm, was er soeben erfahren hatte. Der Chef war mindestens so geschockt wie er. Die Polizei hatte ihn noch nicht informiert. Als Ewald Brunner das Telefonat beendet hatte, überkam ihn das Gefühl, dass ihm doch etwas aufgefallen war, als er sich von Reingard verabschiedet hatte. Er wusste nur noch nicht, was es gewesen war. Er grübelte einige Zeit, trank einen Kaffee nach dem anderen, bis es ihm plötzlich einfiel. Als sie die Hotelbar verlassen hatten und auf die Straße hinauskamen, mischte sich ein Mann in ihre Gruppe, der nicht dazugehörte und auch sofort stehenblieb. Sonst wäre er mit einem Teil von ihnen zusammengestoßen. Das war an sich noch keine ungewöhnliche Situation. Und doch verspürte er ein sehr unangenehmes Gefühl, als er daran dachte, dass Reingard anschließend als einzige Richtung Mariendom gegangen war. Es konnte Zufall sein. Oder auch nicht. Ein Zeuge? Er war sich sicher, dass er ihn erkennen würde, wenn es erforderlich sein sollte, denn er hatte ihm direkt ins Gesicht geblickt.

★

Konrad feilte an dem Fall. Das private Umfeld der Toten war überschaubar, sie war alleinstehend gewesen, scheinbar hatte sie keinen Freund gehabt und Verwandte waren nach derzeitigem Stand auch keine vorhanden. Ihr Berufsleben musste erst durchleuchtet werden. Wenn es aber keine Spuren, keine Zeugen und keine Hinweise auf den Mörder gab, dann konnte er den Fall nicht lösen. Es gab schließlich immer wieder ungelöste Fälle. Mit so etwas musste die Polizei leben. Entspannt machte er sich an den Papierkram. War ihm nicht unangenehm. Er mochte die Schreibtischarbeit. Ermittlungsarbeit draußen gehörte nicht zu seinen bevorzugten Aufgaben. Eigentlich hätte er sich einen Job suchen sollen, bei dem er nur Innendienst machen konnte. War jedoch nicht gut bezahlt. Und er brauchte das Geld. Journaldienste nachts, an Sonntagen und Feiertagen waren lukrativer als ein mageres Grundgehalt. Zufrieden lehnte sich Bezirksinspektor Mohr zurück. Einmal noch musste er in den Außendienst, Befragungen im Arbeitsumfeld der Toten. Danach konnte er sich für die nächsten Tage in sein Büro zurückziehen, er musste schließlich recherchieren. Im Internet, in Akten von einschlägig Vorbestraften, es gab genug zu tun, was er auch vom Schreibtisch aus erledigen konnte. Der nächste Morgen war nebelig, kalt und feucht. Konrad war bereits früh in seinem Büro. Er wollte noch in Ruhe einen Kaffee trinken und dann in diese Firma fahren. Reingard Hain war in einer Steuerberaterkanzlei mit insgesamt zehn Angestellten beschäftigt gewesen. Und die Mitarbeiter der Hotelbar hatten berichtet, dass sich eine Gruppe von ungefähr zehn Menschen an jenem Abend dort aufgehalten hatte. Eine von ihnen war Reingard Hain gewesen. Das Team der Kanzlei hatte anscheinend geschlossen gefeiert, mitsamt Chef. Und niemand hatte etwas bemerkt. Alle waren ahnungslos gewesen, was mit Reingard an diesem Abend passiert war. So war das eben. Konrad schlürfte seinen Kaffee und schlug die Zeitung auf. Natürlich wurde ausführlich darüber berichtet. Es störte ihn nicht. Noch ein paar Minuten, dann würde er aufbrechen, aber nur um möglichst schnell wieder hier zu sein.

„Morgen! Schon so früh bei der Arbeit?" Konrad drehte sich so plötzlich um, dass sein Schreibtischstuhl beinahe umfiel. Chefinspektor Moser grinste: „Hallo Konrad, ich wollte dich nicht erschrecken.“ „Was machst du hier?“ Konrad war sehr erstaunt, seinen Chef eine ganze Woche vor seinem Urlaubsende hier zu sehen. „Ich habe meinen Urlaub abgebrochen. Es gibt hier ja einiges zu tun.“ „Ich hätte das schon geschafft“, fast war Konrad beleidigt. „Daran zweifle ich nicht“, antwortete Chefinspektor Moser sarkastisch.

Nur wenige Minuten später saßen sie im Auto und fuhren zu Reingard Hains Arbeitsplatz. Die Kanzlei befand sich in der Innenstadt, ganz in der Nähe des Hauptplatzes. In einem Neubau. Eine Sekretärin empfing sie und brachte sie zum Eigentümer der Kanzlei. Doktor Huber war sichtlich betroffen vom Tod seiner Mitarbeiterin. Es klang echt. Chefinspektor Moser führte das Gespräch, Konrad saß nur daneben und kam sich überflüssig vor. „Konrad, könntest du bitte die Angestellten befragen?“ Moser bemerkte den Unwillen seines Mitarbeiters. Konrad Mohr nickte und verließ den Raum. Er fing bei der Sekretärin an. Sie weinte und konnte nicht viel berichten. Nur, dass Frau Magistra Hain eine sehr nette Person gewesen war. Nie schlecht gelaunt, immer freundlich. Mehr konnte sie nicht dazu sagen. Dann befragte er noch zwei weitere Angestellte, die auch nur Positives von der Toten berichten konnten. Konrad war müde und hatte keine Lust auf weitere Einvernahmen. Er schlenderte durch die Kanzlei und sah sich um. Durch eine Glastür blickte er in einen Besprechungsraum, in dem sich drei Männer befanden. Sie blickten kurz auf, beachteten ihn aber nicht weiter. Nur einer von ihnen hob nochmals den Kopf und blickte ihm direkt ins Gesicht. Er würde die Männer später noch befragen, alles schön langsam. Sein Chef war schließlich auch noch hier. Also konnte er auch einen Teil der Arbeit leisten und nicht nur mit dem Eigentümer der Kanzlei sprechen. Und das tat Thomas Moser auch. Er war bereits im Besprechungsraum und unterhielt sich intensiv mit den darin befindlichen Personen, als Konrad von seinem Rundgang in der Kanzlei zurückkam. Chefinspektor Moser verließ mit Ewald Brunner den Raum und ging mit ihm in sein Büro. Also hatte der Chef die Arbeit bereits erledigt, Konrad setzte sich auf einen Stuhl in der Diele und wartete. Erst nach einer halben Stunde tauchte Thomas Moser wieder auf, Ewald Brunner begleitete ihn. Konrad sah ihm kurz in die Augen und stutzte. Er hatte den Mann schon einmal gesehen, wusste aber im Moment nicht, woher er ihn kannte. Er ließ sich jedoch nichts anmerken. Schweigend fuhren sie zurück zur Dienststelle. „Kannst du bitte noch etwas recherchieren, Konrad?“, fragte ihn Moser ernst. „Ja, kann ich machen. Was soll es denn sein?“ „Die Vermögensverhältnisse der Toten sollten wir noch durchleuchten.“ Konrad Mohr nickte. In der Wohnung war er bereits gewesen, da war außer dem Foto mit dem Schmuck kein Hinweis auf besondere Reichtümer zu finden gewesen. Aber er würde natürlich den Auftrag seines Chefs erfüllen und noch ein wenig recherchieren, schließlich gab es ja auch noch das Internet. Die Polizeidatenbank hatte schon ein anderer Beamter durchforstet, da war nichts über Reingard Hain zu finden. Das Internet war eine brauchbare Quelle, wenn man sich die Zeit vertreiben wollte, und manchmal fand man darin auch durchaus nützliche Hinweise. Er besah sich die Homepage der Steuerberaterkanzlei, in der die Ermordete gearbeitet hatte. Alle Mitarbeiter waren mit ihren Namen und Aufgaben abgebildet. Er klickte auf das Feld „News“: „Wir freuen uns bekannt zu geben, dass Frau Magistra Reingard Hain in Kürze die Steuerberatungskanzlei Huber als alleinige Eigentümerin übernehmen wird. Doktor Franz Huber wird in den Ruhestand treten." Woher hatte sie nur die finanziellen Mittel, um die Kanzlei zu übernehmen? In ihrer Wohnung war nichts zu finden gewesen. Die war zwar geschmackvoll eingerichtet, aber von Luxus keine Spur. Der nächste in der Hierarchie war eigentlich Ewald Brunner, er war der Dienstälteste in der Kanzlei. Warum hatte er sie eigentlich nicht übernommen? Konnte er es sich nicht leisten? Warum dann Reingard Hain? Das Ganze war sehr undurchsichtig. Waren sie etwa Konkurrenten gewesen? Konrad Mohr gähnte. Eigentlich war es ihm egal. Ob sie Konkurrenten gewesen waren oder nicht. Er besah sich noch einmal das Bild von Ewald Brunner, der ihm wirklich sehr bekannt vorkam. Dann war ihm plötzlich, als ob sein Herzschlag aussetzen würde. Schlagartig wurde ihm bewusst, woher er ihn kannte.

★

Ewald Brunner war müde und erschöpft. Die Befragung durch den Chefinspektor war anstrengend gewesen, der hatte alles sehr genau wissen wollen. Ewald Brunner hatte sich sehr bemühen müssen, das Richtige zu sagen. Schließlich wollte er nichts von sich geben, was er später bereuen würde. Mit geschlossenen Augen lag er im Bett, konnte jedoch nicht einschlafen. Zuviel ging ihm durch den Kopf. Die ganze Nacht wälzte er sich im Bett und war am Morgen wie gerädert. Er würde heute nicht in die Kanzlei gehen. Wollte einfach nur seine Ruhe haben. Er rief die Sekretärin an und meldete sich krank. Den Tag verbrachte er im Bett, mit einer Flasche Whisky und dem Fernseher. Ein Lokalsender berichtete immer wieder von dem Mordfall und so wurde er ständig an Reingard erinnert. Und doch wollte und konnte er kein anderes Programm sehen.

Chefinspektor Moser war schweigsam. Er musste nachdenken. Konrad Mohr kam, wie meistens, reichlich spät in die Dienststelle. „Morgen!“, war das einzige, was sich die beiden im Moment zu sagen hatten. Der Tag verging mit Recherche, nochmals Befragungen und dem Erstellen eines Täterprofils.

„Haben deine Befragungen in der Kanzlei neue Erkenntnisse gebracht?“, wollte Konrad schließlich von seinem Chef wissen. Denn der hatte ihm keinerlei Informationen dazu gegeben. Chefinspektor Moser wirkte sehr abwesend, antwortete aber dann doch: „Dieser Ewald Brunner weiß etwas. Er verhält sich sehr eigenartig.“ „Mehr nicht?“ „Nein, mehr nicht“, war die Antwort seines Chefs. Damit war das Thema „Ewald Brunner“ erledigt. Doch in Thomas Mosers Kopf drehte sich ein Gedankenkarussell. Er konnte im Augenblick noch nicht preisgeben, was ihn in den letzten Stunden so beschäftigt hatte. Das Ganze war noch nicht vollständig geordnet. Erst wenn er sich absolut sicher war, würde er handeln. Seine Mitarbeiter kannten das bereits von ihm. Er war der stille Denker, einer, der die Dinge immer zuerst mit sich selbst ausmachte und auch gewisse Verdachtsmomente nicht sofort preisgab. Es war schwierig ihn zu durchschauen. Er war ein Einzelgänger, keiner der gerne in einem Team arbeitete. Musste er aber immer wieder. Polizeiarbeit funktionierte nicht, wenn jeder allein seine Sache machte. Immerhin aber hatte Moser als Chefinspektor gewisse Freiräume und konnte auch immer wieder allein ermitteln. Und als Führungskraft erteilte schließlich er die Aufträge an die Mitarbeiter.

Er fuhr nach Hause in seine Wohnung, ruhig gelegen, am Stadtrand von Linz. Magda Dragovic sah aus dem Fenster, als er die Haustüre aufschloss. „Hallo Thomas, wie geht's?" „Guten Abend, Magda. Viel zu tun", er lächelte der Hausmeisterin zu. „Ich habe heute Gulasch gekocht, möchten Sie?" Wie so oft bekam er bei Frau Magda etwas zu essen und immer fiel dabei auch für Kater Berti der eine oder andere Leckerbissen ab. Die Hausmeisterin der Wohnanlage, in der sich Thomas vor einigen Jahren eine Eigentumswohnung gekauft hatte, sah es als eine ihrer Aufgaben, den alleinstehenden Herrn Chefinspektor ein wenig zu betreuen. Und Thomas dankte es ihr mit einem regelmäßigen Reinigungsjob in seiner Wohnung, mit Blumen und so manchem City-Gutschein, den sie in einem der Linzer Geschäfte einlösen konnte. Die beiden pflegten ein überaus freundschaftliches Verhältnis, denn Frau Magda hatte ein gutes Gespür dafür, wenn Thomas etwas besonders beschäftigte und er wieder einmal ins Grübeln verfiel.

So saßen sie auch heute wieder an Magdas Küchentisch in ihrer kleinen Wohnung im Erdgeschoß. Das Gulasch war ein Gedicht und Thomas bedankte sich mit einer kurzen Umarmung, bevor er nach oben in seine Wohnung ging. Frau Magda war zufrieden, schließlich musste der Herr Chefinspektor heute nicht hungrig schlafen gehen. In einer Plastikschüssel befand sich die Abendmahlzeit für Berti, der bereits an der Türe wartete. Thomas streichelte ihn und konzentrierte sich anschließend auf den Fall, den er so schnell als möglich lösen musste. Er wollte es hinter sich bringen.

★

Es war kurz vor Mitternacht. Die Türglocke klang in der Stille besonders laut.

Ewald Brunner erhob sich von der Couch und ging zur Türe. Das Läuten kam nicht von unten, sondern direkt von der Klingel an seiner Wohnungstüre. Er blickte durch den Türspion nach draußen auf den Hausflur. Niemand war zu sehen. Trotzdem öffnete er die Türe einen Spalt. Und blickte in die Mündung einer Pistole. Die Türe flog auf, und dann ging alles blitzschnell.

Sekunden später lag der Mann mit dem Gesicht nach unten auf dem Boden und zwei Polizeibeamte einer Spezialeinheit hielten ihn fest. Chefinspektor Moser fragte: „Alles o.k. bei Ihnen, Herr Brunner?“ Der war äußerst blass und nickte nur. Die Polizisten hatten dem anderen Mann inzwischen Handschellen angelegt und hielten ihn von rechts und links fest.

Er sah Thomas Moser ungläubig an: „Wie hast du es herausgefunden?“ „Ich habe es geahnt. Du hast Schulden, Spielschulden. Und die Spurensicherung hat eine Casinokarte gefunden, auf der wir deine DNA isoliert haben. Davon wusstest du natürlich nichts. Denn als ich die Nachricht von dem Mord erhielt, schließlich werde ich ja auch im Urlaub über so etwas informiert, habe ich die Anweisung gegeben, dass alle Erkenntnisse zuerst an mich gehen und ich dann entscheide, was an dich weitergegeben wird. Und dann hat mich auch noch Dr. Hirsch angerufen und mir gesagt, dass es ihr merkwürdig vorgekommen ist, dass du bei der Untersuchung der Leiche sofort erwähnt hast, dass die Tote keinen Schmuck trägt. Den wesentlichen Hinweis hat mir dann Herr Brunner hier geliefert. Er hat dich an dem Abend gesehen, als du fast mit ihm und seinen Kollegen vor der Hotelbar zusammengestoßen bist. Du hast Reingard Hain auffallend angestarrt und bist in die gleiche Richtung wie sie gegangen, so als ob du sie verfolgen würdest. Er macht sich große Vorwürfe, dass er sie nicht begleitet hat. Und als wir dann die Befragungen in der Kanzlei gemacht haben, hat er dich sofort wiedererkannt.

Wir mussten befürchten, dass auch du dich an ihn erinnerst und ihn aus dem Weg räumen willst. Daher mussten wir ihn schützen", etwas leiser fügte er hinzu: „Ich habe bis vor ein paar Minuten noch gehofft, dass sich das alles als Irrtum herausstellt." Thomas holte tief Luft: „Ach übrigens, das Collier ist eine Fälschung. Das Echte hatte sie schon lange nicht mehr. Sie brauchte das Geld für die Übernahme der Kanzlei. Leider hat sie die Fälschung nicht vor einem Raubmord bewahrt. Traurig."

Und damit blickte er Bezirksinspektor Konrad Mohr sehr nachdenklich ins Gesicht.

YOUNGSUMMERSUNFUN

„Sie heißt Helene Brandner und war Ärztin hier im Krankenhaus.“ Chefinspektor Thomas Moser beugte sich schweigend über die Tote und ließ seinen Mitarbeiter weiterreden. „Es ist bereits gestern Abend passiert. Aber erst heute Morgen um fünf Uhr hat sie eine Reinigungsfrau gefunden. Sie ist wahrscheinlich die ganze Nacht hier gelegen und niemand hat etwas mitbekommen. Ist doch ungewöhnlich, oder? Thomas?“ Peter Stradner sah seinen Chef fragend an. Der schwieg und betrachtete die Leiche. Er brauchte Zeit. Jedes Mal. Eigentlich wussten das alle. Trotzdem versuchten sie immer wieder, das Ganze zu beschleunigen, was jedoch vollkommen sinnlos war. Thomas Moser ließ sich nicht drängen.

Die Frau war jung, sehr jung. Kaum zu glauben, dass sie schon Ärztin war. Aber es war so. Eine Kollegin hatte sie bereits identifiziert. Und es stimmte, sie war wirklich jung, hatte gerade ihren ersten Arbeitstag nach Abschluss ihres Studiums hinter sich gebracht. Und war noch am selben Abend ermordet worden.

Eine Menschenmenge hatte sich gebildet. Sensationsgierig scharten sie sich um die Absperrung, die von der Polizei errichtet worden war. Sie starrten auf die Leiche, die nun rasch zugedeckt wurde. Die Handtasche der Frau lag daneben, darin fand Thomas ihr Handy, Geld und Ausweispapiere.

Er gab die Tasche einem seiner Mitarbeiter und ging auf den Eingang des Krankenhauses zu. Wollte sehen, wo Helene Brandner ihren ersten und einzigen Arbeitstag als Ärztin verbracht hatte. An der Information stand eine kleine Gruppe weißgekleideter Menschen und blickte ihm entgegen. Thomas stellte sich vor: „Moser, Kriminalpolizei. Kannten Sie Frau Dr. Brandner?“ Er wandte sich zuerst an den Mitarbeiter der Information. „Nein, leider, sie war ja anscheinend neu hier." „Hatten Sie heute Nachtdienst?", der Mann nickte und sagte: „Ich wollte gerade nach Hause gehen, mein Kollege vom Tagdienst war schon hier, als die Reinigungsfrau vollkommen aufgelöst hereingelaufen ist." „Ist Ihnen gestern Abend oder heute Nacht irgendetwas aufgefallen, haben Sie Geräusche von draußen oder so etwas wie einen Schuss gehört?", wollte Chefinspektor Moser wissen. Der Mann schüttelte den Kopf und antwortete: „Nein, gar nichts. Es war vollkommen still. Und ich war immer wach, bin sicher nicht eingeschlafen", beeilte er sich noch hinzuzufügen. Thomas Moser bedankte sich und wandte sich an einen älteren Arzt: „Kannten Sie Frau Dr. Brandner?". Der Arzt nickte: „Sie hat gestern den Dienst in meiner Abteilung angetreten. Ich bin leitender Oberarzt der chirurgischen Abteilung. Aber Sie wollen sicher mit dem Professor sprechen." Er wirkte nicht besonders sympathisch. Thomas schüttelte den Kopf: „Vielleicht etwas später." Was sollte das bringen, mit dem Professor, der wahrscheinlich kaum mit der jungen Ärztin zu tun gehabt hatte, zu reden? Helene Brandner war nur einen Tag hier als Ärztin tätig gewesen. Ihre Arbeit war höchstwahrscheinlich nicht der Grund dafür, dass sie ermordet worden war. Thomas Moser wollte mit ihren Kollegen sprechen, den anderen jungen Ärzten. Vielleicht kannte sie jemand privat. Davon versprach er sich wesentlich mehr. Die Gruppe weißgekleideter Menschen schickte ihn in den ersten Stock, wo ihn eine Krankenschwester empfing. Sie würde die Kollegen von Frau Dr. Brandner holen, versicherte sie ihm.

Thomas bedankte sich. Gleich darauf kamen ein junger Arzt und eine noch jünger wirkende Ärztin auf ihn zu. Er stellte sich vor. Die beiden schüttelten ihm die

Hand. „Wie gut haben Sie Frau Dr. Brandner gekannt?" Die Ärztin antwortete leise: „Gar nicht. Ich habe sie gestern zum ersten Mal gesehen. Aber sie war sehr nett. Mehr weiß ich nicht." „Vielen Dank. Und Sie?" Thomas sah den jungen Arzt fragend an: „Ich kenne Helene seit meiner Schulzeit. Ich war es, der sie hier empfohlen hat, und ich habe sie motiviert, den Job anzunehmen." „Gut, Sie kannten sie also bereits seit der Schulzeit. Erzählen Sie mir von ihr."

Der junge Arzt, der sich als Reinhard Müllner vorgestellt hatte, zögerte. Es fiel ihm sichtlich schwer über sie zu sprechen: „Wir haben beide in Wien Medizin studiert und waren Freunde. Ich habe mein Studium ein halbes Jahr früher abgeschlossen. Helene ist bei einer Prüfung durchgefallen und musste sie nochmals machen. Wir haben oft zusammen gelernt, sind gemeinsam mit Freunden ausgegangen." Er schluckte. Thomas Moser wollte mehr wissen. „Hatte Dr. Brandner Familie?" Reinhard Müllner schüttelte den Kopf „Ihre Eltern haben sie als kleines Kind in ein Heim gesteckt und später hieß es, dass sie bei einem Unfall ums Leben gekommen wären. Helene hat sich nach der Schule allein durchs Leben geschlagen. Bis auf die eine Prüfung, bei der sie durchgefallen ist, war sie sehr gut im Studium und hat sogar ein Stipendium erhalten. Und nebenbei hat sie regelmäßig gejobbt." „Hatte sie einen Freund?" „Nein, derzeit nicht. Sie hatte einen, bis vor ein paar Monaten. Aber er hat sie mehrmals betrogen und da hat sie ihn dann verlassen. Er heißt Fred Haller und wohnt irgendwo in Linz. Er war es nicht wert, dass Helene sich mit ihm abgegeben hat." „Wissen Sie, wann sie das Krankenhaus gestern verlassen hat?" „Nein, ich bin gestern früher gegangen, hatte Zeitausgleich." Die junge Ärztin mischte sich ein: „Ich habe gesehen, wie sie in den Umkleideraum gegangen ist. Mehr leider nicht. Aber es war ungefähr siebzehn Uhr. Ich hatte Nachtdienst und blieb daher auf der Station." Thomas bedankte sich. Die Ärzte zeigten ihm noch den Schrank, in dem Helene ihre Sachen verwahrt hatte, aber auch das brachte nichts, denn sie war schließlich erst einen Tag hier gewesen. Thomas Moser fand nur weiße Arztkleidung und ein paar weiße Schuhe. Sonst nichts. Kein persönlicher Gegenstand. Auch die Befragung der Pflegekräfte und eines weiteren Arztes ergab nichts. Niemand hatte gesehen, wie sie das Krankenhaus verlassen hatte.

★

Die Wohnung der Toten lag am anderen Ende von Linz, direkt an einer stark befahrenen Straße. Vierter Stock. Kein Lift. Atemlos kamen sie oben an.

Bezirksinspektor Stradner und zwei weitere Beamte durchsuchten die Räume. Thomas Moser sah ihnen schweigend zu. Er musste nachdenken. Der Fall war komplex, das war ihm sofort klar gewesen. Die Ärztin war zu unauffällig. So man das nach den ersten paar Stunden der Ermittlungen schon sagen konnte. Vielleicht war sie zufällig Opfer eines Verbrechens geworden.

Moser trat auf den Balkon hinaus und blickte nach unten. Der Innenhof war klein, aber ruhig gelegen. Gleich anschließend stand das nächste Haus. Die Wohnung bestand aus drei Räumen, die noch nicht vollständig eingerichtet waren. Man sah, dass hier jemand gerade erst eingezogen war. Die Durchsuchung der Wohnung brachte, wie von Moser erwartet, kein Ergebnis. Spießig und langweilig, wenn man es weniger nett ausdrücken wollte. Aber sie fanden zumindest einen Hinweis auf eine Freundin, mit der sie vor Kurzem einen Urlaub verbracht haben musste. Moser verließ die Wohnung und ging in eine Seitenstraße, in der er seinen Wagen geparkt hatte.

Er gab die Adresse der Frau, die mit Dr. Brandner befreundet gewesen war, in sein Navigationsgerät ein. Sie wohnte in einem großen Haus in einem der Linzer Villenviertel. Eine Frau mittleren Alters öffnete ihm die Türe. Sie stellte sich als Haushälterin vor und berichtete, dass die gnädige Frau bei einem Geschäftstermin sei. Moser bedankte sich und beschloss, einen Spaziergang in die Umgebung zu machen und es anschließend nochmals zu versuchen.

Als er wieder vor der Villa ankam, öffnete ihm die Hausbesitzerin selbst die Türe. Hanna Linder war die beste Freundin von Helene Brandner gewesen und konnte kaum fassen, was passiert war. Moser berichtete ihr ohne Umschweife, dass Dr. Brandner ermordet worden war. Ihre Reaktion war echt. Sie war geschockt. „Wie ist das passiert?" „Sie wurde erschossen. Mehr wissen wir derzeit noch nicht. Ich hatte gehofft, Sie könnten mir weiterhelfen." „Wie sollte ich Ihnen helfen können?", antwortete sie mit zittriger Stimme. „Nun ja, hatte ihre Freundin Probleme? Feinde? Einen ehemaligen Freund?" Hanna Linder schüttelte den Kopf. „Sie war Single und bei allen beliebt. Ihren ehemaligen Freund hat sie seit Monaten nicht mehr gesehen. Sie hatte keine Probleme, im Gegenteil, sie war sehr glücklich über die Stelle im Krankenhaus." Sie fing zu weinen an. Thomas Moser musste aber noch etwas wissen: „Verzeihen Sie die Frage, aber wie kommt es, dass Sie und Dr. Brandner befreundet waren, woher kannten Sie sich?" Hanna Lindner nickte: „Ich weiß was Sie meinen. Wir kommen aus verschiedenen Welten, außerdem bin ich deutlich älter als Helene." Sie machte eine Pause. „Ich war vor ein paar Jahren sehr krank. Helene hat ein Praktikum in dem Krankenhaus gemacht, in dem ich behandelt wurde. Sie hat sich sehr um mich gekümmert und so haben wir uns angefreundet. Ich habe sie manchmal ein wenig finanziell unterstützt. Sie war etwas Besonderes." Ihre Stimme stockte. Moser bedankte sich und ging.

★

Das Bild war wunderbar gelungen. Sie stand davor und war glücklich. Es würde ihr eine Menge Geld bringen. Endlich. Der Durchbruch. Er wollte genau dieses eine Werk. Und nur von ihr, weil er ihr das zutraute. Er hatte es in Auftrag gegeben und sie hatte es genauso gemalt, wie er es wollte. Eine stattliche Summe hatte er bereits bezahlt.

★

Ein Polizeiauto und ein Rettungswagen mit Notarzt kamen mit Blaulicht angerast. Der Arzt und die Sanitäter liefen ins Atelier und beugten sich über die Frau. Kurz darauf blickte der Arzt auf und sagte: „Da kann ich nichts mehr tun. Sie ist tot. Die Stichverletzung ist sehr tief, sie hat viel Blut verloren." Ein Polizist griff zum Handy und rief die Kriminalpolizei.

Chefinspektorin Maier traf kurz darauf am Tatort ein. „Wer ist die Frau?" Einer der Beamten berichtete ihr: „Sie heißt Tina Wolters, ist Künstlerin und die Mieterin des Ateliers. Die Hausbesitzerin hat sie gefunden." Er zeigte auf eine ältere Frau, die sich ein Taschentuch vor den Mund hielt. Chefinspektorin Maier sprach sie an. „Guten Tag, ich bin Sabine Maier von der Kriminalpolizei. Sie kannten die Tote?" Die Frau sah sie aus verweinten Augen an. „Ja, ich kenne, ich kannte sie seit zwei Jahren. Ich habe ihr das Atelier vermietet. Sie war eine junge Künstlerin und darum habe ich ihr nur eine geringe Miete verrechnet. Schließlich soll man doch junge Künstler fördern. Ich habe das getan, indem ich ihr das Atelier um einen sehr kleinen Betrag vermietet habe. Und sie war eine sehr liebe Person, so freundlich und ruhig. Es ist einfach schrecklich." „Vielen Dank. Sie können gerne in Ihre Wohnung gehen, wir melden uns dann bei Ihnen." Chefinspektorin Maier legte der Frau die Hand auf den Arm, die gleich darauf schluchzend das Atelier verließ.

Sabine Maier sah sich um. Es hingen nur wenige Bilder an den Wänden, überhaupt machte das hier nicht den Eindruck als ob reger Kundenverkehr herrschen würde. „Ich brauche alles über die Frau. Finanzielle Verhältnisse, privates Umfeld und so weiter", rief sie ihren Mitarbeitern zu. Die beiden nickten und gingen zum Auto.

Nach ein paar Stunden hatten sie einiges über die Ermordete in Erfahrung gebracht. Sie hatte vor zwei Jahren ihr Studium an der Kunstuniversität abgeschlossen und sich als bildende Künstlerin selbstständig gemacht. Und sie hatte einen Freund, der jedoch zurzeit nicht im Land war. Er verbrachte einen Studienaufenthalt in Amerika. „Sind die Eltern schon verständigt?" Chefinspektorin Maier sah ihren Mitarbeiter fragend an: „Ja, zwei Kollegen waren schon dort. Die Eltern stehen unter Schock, sie können sich nicht vorstellen, wer ihre Tochter ermordet haben könnte." Sabine Maier nickte.

Sie musste das Umfeld der Toten analysieren. Auf den ersten Blick war sie eine vollkommen unauffällige junge Frau gewesen, die am Anfang ihrer beruflichen Zukunft als Malerin gestanden war. Einer von Sabines Mitarbeitern, Bezirksinspektor Klinger, war damit beschäftigt, Freunde der Ermordeten aufzusuchen. Er hatte ihre Adressen in einem kleinen Notizbuch gefunden. Ein Ehepaar, beide waren Studienkollegen von Tina Wolters gewesen, war nicht erreichbar. Eine weitere Freundin reagierte fassungslos: „Tina hat doch niemandem etwas getan. Sie war überall beliebt und eine der Besten auf der Kunstuniversität gewesen. Und jetzt hatte sie gerade ihre erste große Auftragsarbeit bekommen und war so glücklich, weil sie nun endlich eine größere Summe Geld erhalten hätte." Bezirksinspektor Klinger hakte nach: „Wissen Sie, wer der Auftraggeber war und wo das Bild ist?" Tina Wolters Freundin schüttelte den Kopf: „Ich weiß nur, dass er noch ziemlich jung war und scheinbar viel Geld hatte." Klinger bedankte sich und fuhr ins Präsidium. Seine Chefin war schon da. „Und gibt's was Neues?" „Nun ja, den Auftraggeber des Bildes sollten wir befragen", antwortete er. „Ja natürlich. Aber wissen wir schon wer er ist?" Klinger schüttelte den Kopf. „Nein, das Bild ist ja auch nicht im Atelier. Und weder die Hausbesitzerin noch diese Freundin wissen, wo sich das Bild befindet oder wer der Auftraggeber ist. Unterlagen haben wir auch keine gefunden. Vielleicht ist in ihrer Wohnung mehr." Tina Wolters Wohnung lag nicht weit von ihrem Atelier entfernt in der Grazer Innenstadt. Zwei Zimmer, Küche, Bad, WC und ein kleiner Balkon. Sehr überschaubar. Zwei Beamte durchsuchten die Räume. Ein alter, schöner Schreibtisch beherbergte Rechnungen und Unterlagen, die scheinbar fürs Finanzamt vorbereitet waren. Aber keinerlei Hinweise auf das besagte Bild und seinen Auftraggeber. Aber vielleicht gab es den auch gar nicht und auch das Bild nicht. Vielleicht hatte Tina Wolters den Auftrag noch gar nicht erhalten? Sabine Maier beschloss, sich nicht nur auf diesen Hinweis zu konzentrieren.

★

Es war bitterkalt. Eine lange Sitzung der EU-Außenminister lag hinter ihr. Sie war sehr müde und wollte nur noch ein heißes Bad und dann ins Bett. Morgen hatte sie noch einen Auftrag, aber der würde in einer Stunde erledigt sein und dann ging es zurück nach Hause. Den Flug von Brüssel nach Linz hatte sie bereits gebucht, in ihrer Wohnung würde sie morgen am frühen Nachmittag ankommen.

★

Die Teilnehmer der Ausschusssitzung waren vollständig versammelt, aber sie konnten nicht beginnen. Eine der Dolmetscherinnen fehlte. Somit war nicht gewährleistet, dass alle Teilnehmer ihr Statement so abgeben konnten, dass es die anderen verstehen würden. Ungeduld machte sich breit. Eine der Assistentinnen hatte bereits vergeblich versucht, die Dolmetscherin am Handy zu erreichen. Schließlich wurde ein Ersatz angefordert und die Sitzung um eine Stunde vertagt.

Der Schnee lag bereits einige Zentimeter hoch an diesem Morgen. Die Kälte kroch ihnen in die Knochen. So empfand es zumindest Mark Borge. „Was haben wir?“, fragte er kurz. „Guten Morgen, Herr Hauptkommissar. Die Tote ist Österreicherin und war hier bei der EU-Kommission als Dolmetscherin engagiert. Sie hatte ein Hotelzimmer gemietet, wollte aber morgen auschecken“, antwortete seine Mitarbeiterin Jenny Hayat. „Sehr gut. Was gibt’s noch?“ Eifrig blätterte Jenny in ihren Notizen. „Sie hatte für heute einen Flug zurück nach Österreich gebucht. Ihr Hotelzimmer ist ordentlich aufgeräumt, sie hat es scheinbar morgens verlassen und ist seitdem nicht mehr dort gewesen.“ Hauptkommissar Borge rückte seine Brille zurecht „Todesursache?“ „Die Ärztin sagt, dass sie erdrosselt wurde. Ziemlich eindeutig. Es muss ein Draht oder Ähnliches gewesen sein.“ „Zeichen einer Vergewaltigung?“ Borge wollte alles sofort und gleich wissen. Die eifrige Assistentin wurde unsicher: „Das habe ich noch nicht in Erfahrung bringen können, aber ich werde die Ärztin sofort fragen." Mark Borge nickte. Auf diese Assistentin konnte er sich verlassen. Sie war die beste, die er je gehabt hatte. Alles recherchierte sie akribisch und Unangenehmes nahm sie ihm ab. Die perfekte Mitarbeiterin. Hoffentlich blieb sie möglichst lange und wurde nicht schwanger. Sie war schließlich in einem gefährlichen Alter, dachte er. Er musste ihr endlich einmal sagen, was für eine ausgezeichnete Arbeit sie machte. Er nahm sich das fest vor. Er würde ihr das gleich morgen sagen. Damit sie möglichst lange blieb.

Alle Dolmetscher, die derzeit für die EU Kommission in Brüssel arbeiteten, wurden befragt. Sie kannten Birgit Hammer jedoch nur flüchtig. Sie war noch nicht fest angestellt, arbeitete auf selbstständiger Basis und sprang ein, wenn jemand ausfiel oder zusätzliche Dolmetscher gebraucht wurden. Sie war noch sehr jung, hatte ihr Studium erst vor einem Jahr abgeschlossen.

Niemandem war etwas aufgefallen, als sie gestern während der Sitzung dolmetschte. Alles war wie immer, keine Besonderheiten.

Mark Borge verständigte die Polizei in Birgit Hammers Heimatstadt Wels in Österreich. Sie würden die Angehörigen informieren und die Wohnung der Toten durchsuchen.

Die Tatortgruppe Linz mit Chefinspektor Thomas Moser würde das übernehmen.

Der hatte nun nicht nur den Mord an Dr. Helene Brandner aufzuklären, sondern auch noch Amtshilfe für die Polizei in Brüssel in Bezug auf den Mord an der Welser Dolmetscherin Birgit Hammer zu leisten. Die Kollegen aus Brüssel konnten weder Anzeichen eines Raubmordes noch irgendwelche persönliche Beziehungen der Österreicherin nach Brüssel feststellen.

Moser beauftragte seine Mitarbeiter mit der Verständigung und Befragung der Angehörigen von Birgit Hammer und konzentrierte sich vorerst einmal auf Helene Brandner und die Tatsache, dass das Motiv für den Mord an ihr vollkommen unklar war.

Schnell wurde ihm klar, dass er den Tag nicht nur mit diesen Ermittlungen verbringen würde. Der Polizeicomputer sagte etwas anderes und gleich darauf erfolgte ein Anruf aus Graz. Chefinspektorin Sabine Maier berichtete von dem Mord an Tina Wolters, einer Künstlerin, die ursprünglich aus Linz stammte und hier zur Schule gegangen war. Gleich nach der Matura war sie samt ihrer Familie nach Graz übersiedelt und hatte dann auch dort studiert.

Moser und Maier glichen ihre Erkenntnisse ab.

Drei Morde in zwei Tagen und alle drei Opfer waren Frauen. Sie waren in Oberösterreich geboren, zwei hatten auch hier gewohnt.

Thomas zog sich in sein Büro zurück. Er musste nachdenken. Und überprüfen, ob es Zusammenhänge geben könnte, die Lebensläufe der drei Opfer vergleichen.

Die Geburtsdaten lagen vor. Alle drei waren im selben Jahr geboren, somit alle beinahe gleich alt.

Dr. Helene Brandner und Tina Wolters waren in Linz geboren, Birgit Hammer in Wels. Die Recherche nach dem schulischen Werdegang der drei war erforderlich. Der einfachste Weg war, die Angehörigen zu befragen. Die Eltern von zweien waren noch am Leben, Helene Brandner war Waise gewesen.

Er öffnete die Türe seines Büros: „Informationsabgleich in zehn Minuten, das gilt für alle!“ Die Mitarbeiter nahmen die Aufforderung ernst, sie kannten ihren Chef. Er legte Wert auf kurze, präzise Informationen, Abschweifungen konnte er nicht ausstehen.

Das Team war vollständig versammelt, die bisherigen Erkenntnisse wurden ausgetauscht und die weiteren Schritte festgelegt. Dass die drei Morde zusammenhängen könnten, war derzeit nur Vermutung, dafür gab es noch keine Beweise, aber es war naheliegend. Dann lag der schulische Werdegang der drei Opfer am Tisch.

Sie waren in verschiedene Schulen gegangen, keinerlei Kontakt war derzeit nachweisbar. Aber sie hatten alle im selben Jahr die Matura gemacht.

Das allein war jedoch noch keine Verbindung. Vielleicht hatte er sich doch verrannt? Die Kollegen in Brüssel waren keinen Schritt weitergekommen, die Mannschaft in Graz ebenso wenig und auch Thomas Moser tappte im Dunkeln.

Es war spät geworden, er fuhr nach Hause. Vor seiner Wohnungstüre fand er eine Plastikdose. Der Verdacht lag nahe, dass Frau Magda, die Hausmeisterin, ihren geheimnisvollen Obstkuchen gebacken hatte. Geheimnisvoll darum, weil sie aus dem Rezept ein großes Geheimnis machte und weil es in ganz Linz und Umgebung keine vergleichbar köstliche Mehlspeise gab. Er dankte Magda im Stillen dafür und schloss die Türe auf.

Kater Berti lag auf dem Bett im Schlafzimmer und döste vor sich hin. Als Thomas die Tür öffnete, sprang er auf und schoss auf ihn zu. Was das zu bedeuten hatte, war klar. Berti hatte Hunger und brachte das auch lautstark zum Ausdruck. Thomas war grundsätzlich ein schweigsamer Mensch, aber die Kommunikation mit Berti war etwas anderes. Die beiden konnten sich gut unterhalten. Von Kater zu Mensch und retour. Als Berti satt war, schlief er mitten auf dem Küchenboden ein. Thomas saß auf einem der Barhocker und sah ihm dabei zu. So konnte er sich am besten entspannen. Ein schlafender Kater und absolute Stille in der Wohnung.

Die Tageszeitung lag noch ungelesen auf dem Küchentisch. Thomas musste sich fast überwinden, sie aufzuschlagen. Wie immer politisches Geplänkel, Berichte über diverse Ereignisse, etwas Kultur und ausführliche Berichte über diverse Sportveranstaltungen. Den Artikel über die Morde las er nicht. Das hatte er sich bereits vor Jahren abgewöhnt. Einer seiner Mitarbeiter sichtete die Presseberichte und stellte sie für ihn zusammen. Somit hatte er diesen Artikel bereits heute Vormittag auf seinem Schreibtisch gehabt. Im Chronikteil sah er ein Foto mit feiernden Jugendlichen irgendwo an einem Strand. Der Titel des Artikels lautete: „Alkoholexzesse auf Maturareise!“

Eigentlich nichts Neues, aber irgendetwas trieb ihn dazu, weiterzulesen. „Jedes Jahr reisen Hunderte Jugendliche nach ihrer Matura in den sonnigen Süden um zu feiern. Sommer, Sonne, Alkohol ...“ und darunter waren die Namen der verschiedenen Anbieter zu lesen. Natürlich kannte Thomas Moser diese Maturareisen. Hätte es so etwas zu seiner Schulzeit bereits gegeben, wäre er wahrscheinlich auch mitgefahren. Der Zeitungsartikel bezog sich besonders auf den vergangenen Sommer und mutmaßte, dass dieses Jahr der Alkohol auf diesen Reisen auch wieder in Strömen fließen würde.

Er stand auf, zog seinen Mantel an und verließ die Wohnung. Als er in seinem Büro ankam, schaltete er den Computer ein und begann, im Internet nach „Young-SummerSunFun", einer der Firmen, die in der Zeitung angeführt waren, zu suchen. Unzählige Fotos erschienen am Bildschirm. Er gab die Jahreszahl 2010 ein und brauchte nur zehn Minuten um drei Fotos zu finden, auf denen augenscheinlich drei Mädchen abgebildet waren, die den drei Mordopfern sehr ähnlich sahen. Er druckte die Bilder aus. Auf allen drei Fotos war auch ein junger Mann zu sehen, inmitten der Mädchen, fröhlich lachend.

Er verglich die Bilder mit den Fotos der Toten und war sich nun ziemlich sicher, dass sie sich gekannt hatten. Es gab also eine Verbindung zwischen den drei Morden, denn so viele Zufälle konnte es nicht geben. Und der junge Mann auf dem Foto könnte der Schlüssel dazu sein. Er musste nur noch herausfinden, wer er war. Im Internet waren keine Namen zu den Fotos zu finden. Morgen früh mussten die Techniker das Gesicht des Burschen vergrößern und durch die Datenbank laufen lassen, vielleicht gab es etwas über ihn. Im günstigsten Fall war er erkennungsdienstlich bereits einmal erfasst worden. Dann wären seine Daten vorhanden.

Dem war jedoch nicht so. Das stellte sich am nächsten Morgen heraus.

Thomas Moser saß nach nur wenigen Stunden Schlaf etwas übermüdet an seinem Schreibtisch. Dennoch faxte er das Foto nach Graz und ersuchte Chefinspektorin Sabine Maier, es der Vermieterin von Tina Wolters zu zeigen.

Und er traf damit ins Schwarze. Sabine Maier rief noch am selben Vormittag an: „Hallo, Herr Kollege Moser! Die Frau hat ihn sofort erkannt. Er war im Atelier von Tina Wolters. Auch wenn das Foto mehrere Jahre alt ist, sie ist sich ganz sicher. Er ist es." „Sehr gut. Jetzt brauchen wir nur noch seinen Namen! Vielen Dank!“, antwortete Thomas. „Gern geschehen! Ich komme morgen zu Ihnen nach Linz, so um zehn Uhr, ist das o.k.?“, teilte ihm Sabine Maier mit. „Dann bis morgen“, Thomas war bereits mit seinen Gedanken woanders. Er musste nach Wels fahren und die Nachbarn von Birgit Hammer befragen und zwar noch heute.

Dort kannte niemand den Mann. Also faxte er das Foto nach Brüssel zu Kommissar Mark Borge. Der zeigte es den Angestellten in dem Hotel, in dem die Dolmetscherin gewohnt hatte. Wieder ein Treffer. Er hatte sogar ein Zimmer dort gemietet. Allerdings unter einem Namen, den es nicht gab, wie sich kurz darauf herausstellte. Seine Papiere waren also gefälscht gewesen.

Bevor Thomas noch das Umfeld der Ärztin Helene Brandner nach dem Mann auf dem Foto befragte, beschloss er zuerst nach Jugendlichen, nunmehr nach Erwachsenen zu suchen, die mit den drei Opfern und dem Mann auf der „YoungSummerSunFun“ Reise gewesen waren. Irgendjemand würde wissen, wer er war.

Über die Liste der Maturanten, die mit Dr. Helene Brandner zur Schule gegangen waren, erhielt er einige Namen von Personen, die in Linz lebten.

Er begann mit einer Frau, die inzwischen als Lehrerin arbeitete. Er suchte Simone Ahrer in ihrer Schule auf und stellte sich vor: „Thomas Moser, Kriminalpolizei. Ich habe ein paar Fragen an Sie.“ Simone Ahrer sah ihn erschrocken an. „Keine Sorge, es geht nicht um Sie, es geht um Ihre ehemalige Schulkollegin Helene Brandner.“ Die Frau war erleichtert: „Was ist mit Helene?“, fragte sie. „Sie ist tot, ermordet.“ Die Lehrerin konnte es kaum glauben. Doch Thomas hatte keine Zeit für ausführliche

Erklärungen, fragte nach der Maturareise und ob sie dort gemeinsam gewesen waren. Simone Ahrer nickte. Ob sie sich an den jungen Mann auf dem Foto erinnern könne, wollte Thomas wissen.

Sie kannte ihn nicht. Helene und sie waren keine Freundinnen gewesen und auch auf der Maturareise getrennte Wege gegangen. Aber sie gab Thomas Moser die Adresse einer weiteren Schulkollegin, die mit auf dieser Reise gewesen war.

Die war zu Hause und kannte den Mann auf dem Foto und sie wusste, was damals passiert war. „Die drei haben sich mit Stefan angefreundet und der war froh, dass er endlich jemanden hatte, der ihn zu den Partys mitnahm. Die drei hatten ihren Spaß mit ihm, besonders als sie mitgekriegt haben, dass er sich in Helene verliebt hatte. Und dann haben sie ihn bei der Abschlussparty, nachdem sie reichlich Alkohol getrunken hatten, vor allen anderen bloßgestellt und verspottet. Das Gegröle höre ich heute noch. Schließlich ist er weggerannt und am nächsten Tag auch nicht mit zurück nach Österreich geflogen. Keiner wusste, wo er war."

Die Spur war heiß, das wusste Thomas Moser jetzt.

Er brauchte die Liste des Reiseveranstalters, der damals diese Maturareise organisiert hatte. Die Firma gab es noch und auf der Liste fanden sich insgesamt vier junge Männer, die mit Vornamen Stefan hießen. Es dauerte nicht lange, dann konnte er drei von ihnen ausschließen. Einer blieb übrig. Laut den Daten des Reiseveranstalters hieß er Stefan Gruber. Gerade als Sabine Maier sein Büro betrat, fand Thomas den Eintrag im Polizeicomputer.

Nach einer kurzen Begrüßung, bei der Thomas feststellte, dass er sich die Kollegin aus Graz ganz anders vorgestellt hatte, lasen sie gemeinsam den Eintrag über Stefan Gruber, den mutmaßlichen Mörder von drei Frauen:

„Stefan Gruber, geboren am 13. 12. 1988 in Wels/Österreich, verstorben am 26. 1. 2014 bei einem Verkehrsunfall in Bangkok/Thailand“

FRANZÖSISCHER TRAUM

Ein strahlender Sommermorgen. Juli. Hochsommer. Endlich. Die schönste Zeit des Jahres. Für Juliette. Geboren in Südfrankreich. Den Sommer im Blut. Meer, Sonne, Wind und Leichtigkeit. Aber wie das Ganze in sich bewahren, wenn hier alles so anders war, als dort, wo man herkam. Ein anderes Leben. Schwer, sich daran zu gewöhnen und doch musste es sein. Harry hatte sich so bemüht. Er wollte, dass sie hier glücklich war. Wollte, dass sie nicht arbeiten ging, nur für ihn da war. Und sonst tun konnte, was ihr Spaß machte. Damit wollte er ihr helfen, sich an das Leben hier zu gewöhnen. Ohne sie konnte er nicht mehr sein und so sollte es auch für sie werden. Das wollte er. Sie für immer an sich binden. Ein Traum, der wahr werden musste.

Sie gewöhnte sich ein. Gerade jetzt im Sommer ging es gut. Jeden Morgen fuhr Harry in die Firma und Juliette an den See. Sie brauchte das Wasser. Obwohl es hier so ganz anders war als zu Hause am Meer. Aber wenn sie auf ihrer Sonnenliege am Kiesstrand lag, konnte sie sich hinträumen. Ans Meer. Nach Nizza. Nach Hause. Und bald würde sie wieder dort sein. Für den Herbst hatte er eine Reise geplant. Für sie beide. Harry wollte mit ihr in ihre Heimat fahren.

Heute aber würde sie den Tag am See verbringen, ohne ihn, und es würde ein schöner Tag werden. Ein ganz besonderer.

Sie zog ein helles Sommerkleid an, packte ihre Tasche und stieg ins Auto. Er wollte, dass sie ein eigenes Auto hatte. Damit sie sich frei fühlen konnte. Oder was immer er damit meinte.

Der Parkplatz am Linzer Pichlinger See war noch leer. Neun Uhr morgens und ein Wochentag. Alles ruhig. Nur ein paar Stammgäste waren schon da, die jeden Morgen ihre Liegestühle, Tische, Sessel und Sonnenschirme aufstellten und so taten, als gehöre ihnen hier alles. Riesige Kühltaschen mit Hühnerkeulen, Kartoffelsalat, Bier und anderem mehr oder weniger gesundem Inhalt, das alles parkten sie unter den Bäumen und verzehrten es dann im Laufe des Tages. Das Paradies. Für jeden bedeutete dieser Begriff schließlich etwas anderes.

Nie nahm Juliette etwas zu essen mit an den See. Hatte sie Hunger, ging sie in eines der Restaurants und ließ sich etwas frisch zubereiten. So wie zu Hause, in den kleinen Bistros am Strand. Fast ganz genauso.

Sie streckte sich auf ihrer Sonnenliege aus und schloss die Augen. Schlief schnell ein.

Später, als die Sonne bereits hoch am Himmel stand, sprang sie ins Wasser und schwamm so lange, bis ihre Lippen vor Kälte ganz blau geworden waren. Doch die Sonne wärmte sie rasch wieder auf. Später würde sie einen ausgiebigen Spaziergang rund um den See machen.

★

Er parkte den Wagen direkt vor der Haustüre, machte sich nicht die Mühe, in die Garage zu fahren. Er würde schließlich gleich wieder weg sein. Nur schnell ein paar Sachen packen und gleich weiter.

Es war drückend heiß, die Höchsttemperatur des Tages dürfte gerade jetzt erreicht worden sein.

Trotzdem wie geschaffen für einen Abstecher an den Pichlinger See. Eine Überraschung sollte es sein. Er, der meist abends, oft sogar erst nachts nach Hause kam, würde heute bereits um sechzehn Uhr bei ihr sein. Sie würde sich freuen, musste sich freuen. So viel allein zu sein, tat ihr bestimmt nicht gut. Er hatte sich schon länger vorgenommen, mehr Zeit mit ihr zu verbringen. Seinen Mitarbeitern mehr Aufgaben zu übertragen und als Chef mehr Freizeit zu haben. Sie würde glücklich sein. Ganz sicher.

Er wollte ihr Auto suchen und seines ganz in der Nähe parken. Dann würde er nach ihr Ausschau halten und sie überraschen. Einen romantischen Nachmittag am See würden sie verbringen. Schwimmen gehen, dann ein Glas Wein im Strandrestaurant trinken und was immer der Abend noch bringen würde.

Er fand ihr Auto. Es stand an seinem gewohnten Platz, schattig unter den Bäumen. Frühmorgens waren immer genügend Parkplätze frei. Jetzt nicht mehr. Er musste einige Zeit suchen, bis er eine freie Parklücke fand. Aber das war ihm egal. Er war in Hochstimmung. Sie würde sich so freuen, dass er gekommen war.

Viele Menschen lagen auf ihren Sonnenliegen oder Decken am Boden. Aber er wusste, wo er suchen musste. Sie hielt sich stets in der Nähe der Wasserrettung auf. Die hatte hier ihren Stützpunkt inklusive Hubschrauberlandeplatz. Daneben befand sich das Restaurant, eines ihrer Stammlokale.

Hier war der Strand, der direkt zum Wasser führte, mit Kies bedeckt. Gerade noch flach genug um eine Sonnenliege aufzustellen. Zwischen Kiesstrand und Liegewiese befand sich der Fußgängerweg, der rund um den gesamten Pichlinger See führte. Er musste also nur in dieser Gegend suchen, schließlich bewegte sie sich selten von hier weg. Zumindest erzählte sie ihm das immer, wenn sie vom Baden nach Hause kam. Und die wenigen Male, die er hier mit ihr gemeinsam gewesen war, hatten sie ebenfalls an diesem Strand verbracht.

Der See glitzerte in der Sonne. Er hatte schon fast vergessen, wie schön es hier war.

Kein Windhauch bewegte die Wasseroberfläche. Das Wasser musste kalt sein, nur wenige Menschen schwammen darin. Er blickte sich um. Konnte sie nicht entdecken. Suchte weiter.

Da sah er ihre gelbe Sonnenliege, ihr rotes Badetuch lag darauf. Ein Buch in französischer Sprache. Ihre Badetasche, ein Korb mit buntem Muster aus ihrer Heimat. Er freute sich. Sie konnte nicht weit sein. Entweder beim Schwimmen oder im Restaurant. Saß vielleicht bei einem Kaffee unter einem schattigen Baum. Er suchte zuerst im Wasser, ging direkt an der Uferlinie entlang. Konnte sie nicht entdecken. Schwimmen gegangen war sie offensichtlich nicht. Weiter zum Restaurant. Auch dort nichts zu sehen. Keine Juliette. Vielleicht war sie auf die Toilette gegangen. Er würde sich auf ihre Sonnenliege setzen und warten. Irgendwann musste sie ja auftauchen.

Er wartete. Zehn Minuten, eine Viertelstunde, eine halbe Stunde, eine ganze Stunde. Stand wieder auf und suchte nochmals das Ufer ab. Ging ins Wasser und durchschwamm den ganzen Bereich im See. Nichts.

Er wurde unruhig. Wo war sie?

Er durchsuchte ihre Badetasche. Nichts Ungewöhnliches. Ihr Handy war da, Autoschlüssel, Geldbörse mit ein wenig Bargeld, Kosmetiktäschchen, ein Badetuch und ein trockener Bikini. Und ihr Sommerkleid mit den Sandalen. Sie musste einen Bikini und ihre Flipflops tragen, mehr nicht. Vielleicht ihren Pareo, als Tuch um die Hüften gewickelt. So wie man vielleicht einen Kaffee trinken geht. Es gab schließlich noch weitere Lokale rund um den See. Doch ihre Geldbörse lag in ihrer Tasche, das war beunruhigend. Er musste weitersuchen. Die Sonne brannte nun nicht mehr so heiß, es war bereits siebzehn Uhr dreißig, und der Nachmittag war bisher vollkommen anders verlaufen, als er sich das erwartet hatte. Wut machte sich in ihm breit. Wo trieb sie sich nur herum? Doch gleich darauf beschlich ihn ein Gefühl der Angst. War ihr etwa etwas zugestoßen? Ertrunken? Er schob den Gedanken sofort zur Seite. Bestimmt war sie rund um den See spaziert, aß irgendwo ein Eis oder saß auf einer Bank auf der anderen Seeseite. Es gab schließlich viele Möglichkeiten, sich hier die Zeit zu vertreiben.

Er lief und lief. Um den gesamten Pichlinger See. Knapp dreieinhalb Kilometer. Er war verschwitzt, müde, er hatte Durst und war verzweifelt. Als er wieder an ihrem Platz ankam und die leere Sonnenliege sah, brach er in Tränen aus. Inzwischen war es neunzehn Uhr und die Menschen wurden immer weniger. Nochmals ging er ins Restaurant ganz in der Nähe und fragte nach Juliette. Der Besitzer des Lokals kannte sie. Aber er hatte sie heute noch nicht gesehen.

Dann ging Harry zum Stützpunkt der Wasserrettung und klopfte an die Türe. Ein junger Mann öffnete und ließ ihn ins Haus. Harry erzählte ihm, was passiert war. Der Mann rief seine Kollegen und gleich darauf sprangen drei Männer in ein Boot. Sie würden den See absuchen. Nach ihr.

Nach ein paar Minuten traf die Polizei ein.

Juliette war etwas passiert. Er konnte es spüren. Und es tat so weh, dass er fast keine Luft bekam.

Die Polizeibeamten wollten wissen, was passiert war und warum er glaubte, dass seiner Frau etwas zugestoßen sei. Dann telefonierten sie und forderten weitere Polizisten an. Inzwischen waren zur Unterstützung der Wasserrettung Taucher eingetroffen, die sich gleich an die Arbeit machten.

Er erlebte das alles wie in Trance. Stand vollkommen neben sich. Konnte keinen klaren Gedanken mehr fassen. Verzweiflung machte sich in ihm breit. Er spürte, dass er sie nie wiedersehen würde. Er hatte ihr doch noch so vieles sagen wollen.

Die Taucher suchten bis zum Einbruch der Dunkelheit. Und fanden nichts. Doch der See war an einigen Stellen sehr tief. Nicht immer wurden Ertrunkene rasch gefunden. Manchmal auch erst viel später oder gar nie. Der See gab nicht alles frei, was er einmal verschluckt hatte.

Eine Hundestaffel war angefordert worden. Sie durchsuchte die umliegenden Auwälder bis es schließlich stockdunkel geworden war.

Die Suche wurde abgebrochen. Morgen würde man weitermachen. Ein Mitarbeiter des Kriseninterventionsteams des Roten Kreuzes war gekommen und kümmerte sich um ihn.

Er wurde nach Hause gebracht und gefragt, ob er einen Arzt brauchen würde und ob man jemanden verständigen solle, der sich um ihn kümmern konnte. Er verneinte beides und schickte sie weg. Er wollte allein sein. Allein mit seiner Verzweiflung, die immer wieder durch kurz aufkeimende Hoffnung unterbrochen wurde. Vielleicht war ja alles ganz anders und morgen würde alles wieder gut sein. Sie stand vor der Türe und lächelte ihn an. Würde Französisch mit ihm sprechen, sie mochte die deutsche Sprache nicht so gerne.

Dann wieder Dunkelheit und schreckliche Gedanken. Ihre Leiche, die gefunden wurde. Die er identifizieren musste.

Noch nicht aufgeben, dachte er.

Und fuhr im Morgengrauen wieder zum See. Ging hastig noch einmal alle Wege und stieg mit den Füßen ins kalte Wasser.

Ihre Sonnenliege und ihre Sachen hatte die Polizei mitgenommen. Wollte alles untersuchen.

Wieder ging er am Ufer entlang. Blieb plötzlich stehen und starrte auf den Kies vor ihm. Ein seidenes Tuch lag vor ihm. Blutverschmiert und zerrissen. Juliettes Pareo. Wieder brach er in Tränen aus. Wählte den Notruf der Polizei und sank auf den Boden.

Er wusste, er durfte das Tuch nicht berühren. Keine Spuren verwischen. Hatte das oft im Fernsehen gesehen. Beweismittel. Er tat es nicht. Er fasste das Tuch nicht an. Wartete, bis die Polizei eingetroffen war und das Tuch mit Handschuhen in einen Plastiksack packte. Bald darauf kamen wieder Taucher und suchten nach seiner Frau.

Der Restaurantbesitzer wurde befragt. Er erzählte den Polizisten, dass er die vermisste Frau vor einer Woche mit einem Mann hier gesehen hatte. Nur einmal. Dieser Mann war sonst noch nie hier gewesen. Ein Fremder. Kein Stammgast hier im Restaurant am See. Man kannte sich schließlich. Er gehörte nicht dazu.

Der Restaurantbesitzer hatte das dem Ehemann der Frau nicht sagen wollen. Vielleicht handelte es sich ja um eine außereheliche Affäre. Obwohl es nicht dazu gepasst hatte, denn die Frau, die so oft hier war und immer ruhig und ausgeglichen gewirkt hatte, war an diesem Tag nervös und sprach aufgeregt mit dem Mann, den sie hier getroffen hatte.

Dann wurde auch der Ehemann als verdächtig eingestuft. Er musste ein Alibi für den Nachmittag angeben. Obwohl man im Moment noch nicht einmal wusste, wann genau Juliette verschwunden war. Er konnte angeben, dass er in seiner Firma gearbeitet hatte und nach einem kurzen Zwischenstopp zu Hause, hier an den Pichlinger See gefahren war. Zumindest seine Anwesenheit in der Firma konnte seine Sekretärin bestätigen.

Die Stunden vergingen, es wurde Abend und noch eine Nacht der Ungewissheit.

Am nächsten Tag stellte sich heraus, dass das Blut auf dem Tuch von Juliette stammte. Außerdem fanden sich darauf Spuren von männlicher DNA, die nicht von ihrem Mann stammte.

Die Polizei brachte ihm schonend bei, dass man nun mit ziemlicher Sicherheit von einem Verbrechen ausgehen musste und dass die Hoffnung seine Frau lebend zu finden, mit jeder Stunde geringer wurde. Gewissheit hätte man jedoch erst, wenn man ihre Leiche gefunden hatte.

Die Gedanken in seinem Kopf drehten sich im Kreis. Er konnte nur daran denken, dass sie nicht mehr bei ihm war. Jeden Tag war in ihm die Angst gewesen, dass sie ihn hätte verlassen können. Dass sie nicht glücklich war. Doch das hätte er nicht zugelassen. Ihn zu verlassen wäre nicht möglich gewesen. Sie hatte das gewusst.

In den darauffolgenden Tagen wurde die gesamte Aulandschaft rund um den Pichlinger See durchsucht. Noch gründlicher als direkt nach ihrem Verschwinden. Ein Naturschutzgebiet von beachtlicher Größe. Zum Teil verwildert, zum Teil gezähmt. Etwas für Naturliebhaber und

Wanderer. Sie liebte die Gegend, war oft hier spazieren. Er war nur einige wenige Male mitgegangen. Zuviel Arbeit, zu wenig Zeit für sie und ihr Verlangen nach Natur, nach Freiheit. Nach ihrem Leben in Südfrankreich. Hier in dieser Aulandschaft mit den Bächen und den kleinen Seen, fand sie anscheinend etwas, das sie an ihre Heimat erinnerte. Warum sonst zog es sie so oft hierher? Und immer allein. Sie hatte in Linz keine Freunde gefunden. Aber auch keine gesucht. Wie sie immer betonte. Es war ihr nicht nach Gesellschaft. Eine Einzelgängerin war sie. Das hatte er immer gespürt. Hier in Pichling verbrachte sie mehr Zeit als zu Hause in ihrem schönen Haus mit dem riesigen Garten. Nicht nur jetzt im Sommer, wenn der See in der Sonne glitzerte und die Au ihren Charme versprühte. Auch wenn es kalt und feucht war, kam sie immer wieder hierher. Er verstand es nicht. Verstand sie nicht.

Und jetzt eine große Anzahl an Polizisten und wieder eine Hundestaffel. Auch Mitglieder der freiwilligen Feuerwehren aus der Umgebung beteiligten sich an der Suche. Das Ergebnis war ernüchternd. Nichts. Gar nichts. So als ob sie nie hier gewesen wäre. Nur die Sonnenliege mit ihren Sachen und das Tuch mit ihrem Blut und der fremden DNA waren zurückgeblieben von ihr.

Wieder erklärte man ihm, dass die Chance sie jetzt, nach fünf Tagen, noch lebend zu finden, sehr gering war. Als ob er das nicht selbst gewusst hätte. Er wusste sowieso, dass er sie nie wiedersehen würde.

Es dauert lange, bis man jemanden für tot erklären lassen konnte. Erst dann würde er offiziell verwitwet sein. Und würde sich eine neue Frau suchen. Niemals würde die ihn dann verlassen.

Doch dieser Sommer war noch nicht vorbei. Schon gar nicht in Südfrankreich.

Dort wo Meer, Sonne, Leichtigkeit und die Freiheit auf sie wartete.

Ein weißes Cabrio. Zwei Menschen. Eine Frau und ein Mann. Auf Juliettes Arm ist eine kleine Narbe zu sehen, aber sie lacht und sieht glücklich aus.

Endlich frei. Endlich zu Hause.

DAS TAGEBUCH

Er schlief tief und fest. Sie schlich aus dem Schlafzimmer, barfuß. Er sollte nicht merken, dass sie nicht mehr neben ihm lag.

Sie holte das kleine rote Buch aus dem Versteck und setzte sich an den Küchentisch. Die Füllfeder flog förmlich über die Papierseiten, konnte mit der Geschwindigkeit ihrer Gedanken kaum mithalten. Ihr Atem ging schnell und flach. Ihre eigene Fantasie fesselte sie. Ihre Geschichte, ihre Gedanken. Sie schrieb die ganze Nacht, schlich sich kurz bevor der Wecker läuten würde, zurück ins Bett.

Er hatte nichts bemerkt und sie stellte sich schlafend, als er aufwachte. Noch eine halbe Stunde, dann musste auch sie aufstehen. An Schlaf war nicht zu denken, keine Minute kam sie zur Ruhe. Alles musste zu Papier gebracht werden. In ihrem Kopf war so viel, was es zu erzählen gab. Sie erlebte es wieder und wieder. Wusste jedes Detail, das erzählt werden musste.

Konnte sich im Unterricht kaum auf die Schüler konzentrieren, so stark waren die Erlebnisse in ihren Gedanken. Die Kinder merkten das und machten sich einen Spaß aus ihrer unaufmerksamen Lehrerin. Es wurde laut in der Klasse, Gegenstände flogen durch die Luft. Sie beendete die Stunde früher und verließ den Raum. Durfte sie eigentlich nicht und bekam auch gleich eine Rüge vom Direktor. Man durfte die Kinder nicht unbeaufsichtigt lassen, wenn die Stunde noch nicht zu Ende war. Die Gangaufsicht galt schließlich nur für die Pause.

Sie musste sich zusammenreißen, Johann wurde bereits misstrauisch, weil sie jeden Tag so müde war. Schließlich schlief sie kaum mehr, musste immerzu ihre Gedanken aufs Papier, besser gesagt, in ihr Tagebuch bringen. Niemals würde dieses kleine rote Buch jemand anderer als sie selbst in die Hand bekommen.

★

Melissa war blond und schön und sie war mit Johann zusammen gewesen, bevor sie ihn kennenlernte. Ihre Vorgängerin. Melissa hatte ihn verlassen und er war noch so sehr mit seinem Trennungsschmerz beschäftigt, dass er sie kaum wahrnahm. Sie tat alles, damit er sie endlich beachtete. Doch es dauerte einige Zeit. Und nun waren sie bereits acht Jahre zusammen und fünf davon verheiratet.

In ihrer ersten gemeinsamen Zeit war Melissa wie ein Schatten in seiner Welt, es brauchte Zeit, bis er sich von ihr löste. Sie hasste diese Melissa. Weil Johann sie so sehr geliebt hatte und sich niemals von ihr getrennt hätte. Doch das hatte Melissa dann selbst erledigt.

Er dachte sicher auch heute noch an sie. Obwohl er mit einer anderen verheiratet war.

Wieder eine Nacht mit wenig Schlaf. Sie war bereits mitten in der Geschichte, die das kleine rote Buch stetig füllte.

Die Frau, die darin zur Mörderin wurde, hatte Angst, dass ihr Mann sie wegen einer anderen verlassen würde. Sie lockte diese andere Frau zu einem Treffpunkt, an dem sich an diesem Tag keine anderen Menschen befinden würden. Ein Überleben war nicht möglich. Ein wunderschöner Platz an der Donau.

Und in ihrer Tasche würde sich eine kleine, summende Dose befinden.

Eigentlich hätte sie misstrauisch sein müssen, diese ehemalige große Liebe ihres Mannes.

Es geschah ihr recht. Sich nach Jahren wieder zu melden und ihm zu sagen, dass sie wieder in der Stadt sei und für immer hierbleiben werde. Was wollte sie eigentlich? Ihn zurückgewinnen? Wollte sie ihn ihr wegnehmen? Warum war sie überhaupt zurückgekommen und nicht dortgeblieben wo sie die letzten Jahre verbracht hatte? Weit weg von ihm und ihrer Ehe.

Sie hatten sich ihr Leben gut eingerichtet. Waren ein harmonisches Paar. Und jetzt das. Wie ein Gespenst war sie aufgetaucht. Seine Stimme hatte gezittert, als er mit Melissa telefoniert hatte. Sie hatte es gehört und ihr Herz war kurz stehen geblieben.

Jede Zeile und jedes Wort kamen aus ihrem Inneren.

Mit jeder Seite kam sie dem Ende der Geschichte näher. Schritt für Schritt zum glücklichen Ende.

Sie schlief wieder. Ein paar wenige Stunden, aber immerhin. Konnte ihren Schülern wieder die entspannte Lehrerin vorspielen. Kam wieder für Momente zur Ruhe. Sie wusste schließlich, wie die Geschichte ausgehen würde. Mit jeder Nacht, in der sie ihre Gedanken niederschrieb, wurde es besser. Zufriedenheit machte sich in ihr breit. Leicht wurde ihr ums Herz.

Die Frau würde ihren Mann behalten. Die Rivalin war beseitigt. Eine wunderbare Geschichte. Es war vollendet.

Glücklich ging sie in den Garten hinter ihrem Haus in Alturfahr, einer schönen Gegend an der Donau, dort wo sie unzählige Blumen gepflanzt hatte, die für die Bienen so wertvoll waren. Sie liebte die Bienen. Jedes Jahr kamen sie in Scharen angeflogen und verwandelten den Garten in ein summendes Paradies. Sie hegte und pflegte es, und die Bienen dankten es ihr durch ihre Anwesenheit.

Die Haustüre ging auf. Johann kam nach Hause. Sie stand auf und umarmte ihn. Er wirkte abwesend.

Er würde darüber hinwegkommen. Sie vergessen. Ganz sicher. Sie würde sich um ihn kümmern. Alles für ihn tun. Alles würde gut werden.

Es würde noch etwas dauern, aber dann würden sie wieder glücklich sein.

Sie saßen vor dem Fernseher. Ein wenig Ablenkung, das würde ihm guttun. Sie rückte ganz nahe an ihn heran. Gerade als sie seine Hand nehmen wollte, sagte der Nachrichtensprecher: "Die 40-jährige Melissa H. wurde heute vor einem geschlossenen Gasthaus in Alturfahr an der Donau tot aufgefunden. Sie ist an einem allergischen Schock in Folge eines Bienenstichs gestorben. Einige Meter entfernt lag ihre Handtasche, in der sich eine Notfallinjektion befunden hatte. Offensichtlich hatte sie diese nicht mehr erreichen können."

DER LETZTE ROCK 'N' ROLL

Maria kommt spät nach Hause. Geht ihm aus dem Weg. Sie will nicht mit ihm sprechen. Kein Wort. Es wäre nicht zu ertragen. Fragen, Vorwürfe, Verdächtigungen. Nahe an der Wahrheit. Er hatte es herausgefunden. Ganz einfach. War ihr wahrscheinlich nachgefahren und hatte gesehen, wo sie die Stunden verbringt, wenn sie nicht in ihrer Firma, nicht auf Geschäftsreise und nicht zu Hause ist. Ein kleines Appartement oben auf dem Freinberg mit Aussicht auf die Stadt. Schön eingerichtet, mit Terrasse. Dort wartet Sonja. Hat gewartet. Bis gestern.

Sie zieht sich rasch an, trinkt keinen Kaffee und fährt in die Firma. Ist als Erste da. Frau Rainer, die Chefsekretärin, kommt kurz nach ihr. „Guten Morgen, Frau Doktor", sie nickt ihr schweigend zu.

„Kaffee?", ihr Blick ist prüfend. Wieder nickt sie. Zieht sich zurück, in ihr Büro. Kurz darauf der Kaffee, kleine Tasse und stark. Doppelter Espresso. Sie ist wach, hellwach. Ihr Puls rast. Sie denkt an Sonja. Zu jung für sie. Das Klischee schlechthin. Es trennen sie zwanzig Jahre. Zuviel. Irgendwann würde sie zu alt für Sonja sein. Sicher. Aber die Gedanken verdrängen, das kann sie gut. Nicht nachdenken, was einmal sein wird.

★

Hierher verirrt sich selten jemand. Sehr selten. Aber heute doch. Mit dem Mountainbike durchs Unterholz auf einem Weg, den kaum jemand benützt. Er muss scharf abbremsen. Sonst würde er sie überfahren. Mit geschlossenen Augen, wie schlafend, liegt sie vor ihm. Er zittert, als er sie anfasst. Lebt sie noch? Vollständig bekleidet, sogar mit Schuhen und Mantel. Betrunken? Ohnmächtig? Diabetikerin mit Unterzucker? Das alles geht ihm durch den Kopf. Er beugt sich zu ihr hinunter.

Berührt sie vorsichtig. Rüttelt ihren Arm. Nichts. Jetzt laut ansprechen. Vielleicht reagiert sie doch? Nichts. Kalt ist sie.

Er holt sein Handy aus der Tasche, wählt den Notruf. Sagt, dass er glaubt, dass sie tot ist. Oder vielleicht doch noch lebt. Er weiß es nicht. Man werde sofort Notarzt und Polizei schicken. Er solle doch erklären, wo er sei.

Es dauert. Gefühlte lange Zeit. Dann sind sie da. Mit Blaulicht und Sirene. Ein Arzt, zwei Sanitäter, Polizei. Alles da. Nach einer Minute schon das Ergebnis. Sie ist tot.

Bereits seit Stunden. Die Polizisten telefonieren. Befragen ihn. Er muss seine Personalien angeben. Dann darf er weiter. Steigt zitternd aufs Rad und nimmt den kürzesten Weg nach Hause.

Dr. Valentina Hirsch wird gerufen. Doch die ist viel zu weit weg. Braucht mindestens eine Stunde, bis sie hier sein kann. Die Polizei sperrt das Gelände ab. Dort wo sowieso niemand hinkommt. Oder zumindest sehr selten.

Sie hat keine Papiere bei sich. Keine Handtasche. Nichts. Trägt moderne Kleidung. Eine teure Uhr, sonst keinen Schmuck.

Chefinspektor Thomas Moser trifft ein. Es ist Sonntag und seine Freude hält sich in Grenzen. Gerade war er auf der Couch eingeschlafen, als das Handy läutete. Es war spät geworden gestern Abend. Sabine Maier, die Kollegin aus Graz hatte einen Zwischenstopp in Linz eingelegt und Thomas hatte ihr die Stadt gezeigt. Nettes Mädchen, eigentlich eine Frau, sie war schließlich fast vierzig, aber doch sehr mädchenhaft. Kater Berti war sie auf jeden Fall sofort sympathisch gewesen. Beim Kaffee in Thomas Wohnung war er ihr nicht von der Seite gewichen und verhielt sich unglaublich höflich. So als hätte er zuvor ein Benimmtraining für Haustiere absolviert.

Thomas konzentriert sich wieder.

Einsatz. Tatortgruppe. Die Streifenpolizisten mussten ihn rufen. Und dann die Spurensicherung. Und die Gerichtsmedizin. Telefonisch ordnet er an. Er würde auf Doktor Valentina Hirsch, die Gerichtsmedizinerin, warten. Ohne ihre Begutachtung kein Abtransport der Leiche.

Endlich trifft sie ein. Hat heute anscheinend auch etwas anderes vorgehabt, als eine Leiche zu untersuchen.

„Hallo Thommy!", sie wirft ihm eine Kusshand zu. Thommy hat sie noch nie zu ihm gesagt. Das ist neu. Er ist verwirrt. Sie sieht umwerfend aus. Noch besser als sonst. Wenn da nicht ihr Ehemann wäre.

„Sie ist nicht hier gestorben. Sicher nicht", stellt Valentina fest. Eine weitere kurze Untersuchung und dann wird die Frau abtransportiert. In die Gerichtsmedizin.

Die Umgebung bleibt abgesperrt, die Spurensicherung hat viel zu tun. Unwegsames Gelände.

Vielleicht brauchen sie sogar Hunde, um alles abzusuchen. Es könnte sich um Mord handeln. Eine Verletzung am Kopf, wie Dr. Hirsch festgestellt hatte.

Keine der Vermisstenmeldungen passt auf die Tote. Niemand sucht sie. Zumindest vorerst nicht. Sie ist seit mindestens vierundzwanzig Stunden tot. Gestorben an einem Genickbruch. Die blutende Wunde am Kopf war nicht tödlich.

Ihre Fingerabdrücke passen zu keinen in der Polizeidatei. Vollkommen unbekannt, diese Frau.

Die Umgebung des Fundortes ergibt nichts. Außer den Reifenspuren. Können vielleicht einem Wagentyp zugeordnet werden.

Sonst hat er nichts. Chefinspektor Moser ist ungeduldig. Keine Vermisstenmeldung, kein Hinweis, wer sie ist. Nichts.

Am nächsten Tag trifft in einer Polizeidienststelle der Anruf einer Frau ein. Sie hat in den letzten beiden Tagen vergeblich versucht, ihre Schwester zu erreichen.

Das Appartement am Linzer Freinberg wird im Beisein der Polizei von einem Schlosser geöffnet. In der Wohnung keine Spur der Frau. Alles schön aufgeräumt. Sehr ordentlich. Kein Hinweis auf einen Mord.

Und doch ist die Tote die vermisste Schwester der Frau. Ein Foto bringt Gewissheit. Die Frau bricht in Tränen aus. Die Befragung muss warten.

Thomas Moser trifft in der Wohnung der Toten ein. Er schickt die Streifenbeamten hinaus. Braucht Ruhe. Kann sich sonst nicht konzentrieren. Geht durch alle Räume. Angenehme Atmosphäre. Die Wohnung ist klein, aber schön. Mit Geschmack eingerichtet. Er hat das Gefühl, beobachtet zu werden.

Doch er ist allein. Niemand zu sehen. Draußen im Hausflur die Kollegen. Sie befragen die Nachbarn. Die Spurensicherung macht ihre Arbeit. Thomas fährt in seine Dienststelle.

Ein paar Stunden später kehrt er zurück in die Wohnung am Freinberg. Die Forensiker sind mit der Sicherung der Spuren fertig und packen ihre Sachen. Er bleibt allein zurück.

Lässt sich Zeit. Setzt sich aufs Sofa. Will das Zimmer auf sich wirken lassen.

Dann geht er ins Schlafzimmer. Öffnet den Kleiderschrank. Auch der ist sehr ordentlich. Fast penibel hängt Kleidungsstück an Kleidungsstück.

In einer Kommode findet er eine Schmuckschatulle. Er öffnet sie. Zwei Eheringe. Sehen aus wie neu. Auf beiden befindet sich eine Gravur – „Maria" und „Sonja". Sonst nichts. Kein Datum. Offensichtlich war Sonja Wimmer im Begriff zu heiraten oder zumindest sich zu verloben. Aber warum hatte ihre Freundin sie nicht als vermisst gemeldet? Und wo war sie? Thomas durchsucht die gesamte Wohnung, und er braucht dazu zwei Stunden. Jede Schublade, alles.

Er findet Fotos. Sonja Wimmer und eine Frau. Bedeutend älter als sie. Sie lachen auf den Fotos und sehen glücklich aus. Keine der Aufnahmen stammt aus Sonjas Wohnung. Irgendwo am Meer, auf einer Wiese, in einem Restaurant. Aber keine Briefe, kein Name, kein Hinweis darauf, wer die Frau sein könnte.

Sonjas Handy ist verschwunden. Also auch keine Telefonnummer von der anderen Frau. Die Schwester kennt sie nicht. Sie weiß, dass Sonja seit einiger Zeit jemanden hatte, mehr nicht. Vielleicht ergeben die DNA-Spuren aus der Wohnung etwas.

Thomas Moser beginnt mit der Befragung der Nachbarn. Er nimmt dazu das Foto von Sonja und der unbekannten Frau.

Sechs Wohnungen befinden sich in dem Haus. Nur eine Wohnungstüre wird geöffnet. Eine Frau, so um die siebzig Jahre alt, freut sich über Besuch. Auch wenn es sich um die Kriminalpolizei handelt. Thomas Moser wird in ein altmodisch eingerichtetes Wohnzimmer gebeten. Die Frau kennt Sonja Wimmer, und die Frau auf dem Foto hat sie bereits öfter im Haus gesehen.

Sie muss häufig hier gewesen sein. Allerdings ist ihr in den letzten Tagen nichts Ungewöhnliches aufgefallen. Rein gar nichts. Geschockt nimmt sie die Nachricht auf, dass Sonja Wimmer wahrscheinlich ermordet wurde. Aber Thomas kann weiter seine Fragen stellen. Ob die Frau immer mit dem Auto gekommen ist, weiß sie nicht. Sie hat sie immer nur zu Fuß kommen und gehen sehen, aber niemals in ein Auto steigen. Vielleicht wohnt sie gleich in der Nähe, so dass es keinen Sinn machte, mit dem Auto zu kommen.

Vielleicht will sie aber auch nicht mit ihrem Auto gesehen werden, denkt Thomas. Er bedankt sich bei der Frau und gibt ihr seine Visitenkarte. Wenn die Frau auf dem Foto auftauchen sollte, dann solle sie ihn doch bitte sofort verständigen.

Inzwischen hat sich die Schwester der Toten wieder etwas beruhigt.

Thomas Moser setzt sich neben sie: „Ist es Ihnen möglich, mir einige Fragen zu beantworten?“ Sie nickt.

„Wo hat ihre Schwester gearbeitet?“ Es stellt sich heraus, dass Sonja Wimmer in einem großen Modehaus in der Linzer Innenstadt beschäftigt war. Sie war die Leiterin der Damenabteilung, gehobene Preiskategorie.

Ansonsten lebte sie sehr zurückgezogen, ging kaum aus und betrieb viel Sport. Und das meistens allein, ist zumindest ihre Schwester der Meinung.

Ein neuerlicher Versuch bei den Nachbarn bringt kein Ergebnis. Scheinbar ist wirklich niemand zu Hause.

Thomas würde abends einen seiner Mitarbeiter nochmals hier ins Haus schicken. Vielleicht wäre dann jemand anzutreffen.

Er setzt sich in sein Auto und fährt den Freinberg hinunter, in die Linzer Innenstadt. Er parkt direkt auf der Landstraße, was eigentlich verboten ist, aber als Kripobeamter im Dienst kann er das tun. Im Inneren des Modehauses ist es angenehm kühl, natürlich klimatisiert. Er fragt nach der Geschäftsleitung und wird ins oberste Stockwerk geschickt. Der Geschäftsführer ist ein Mann mittleren Alters, elegant gekleidet, wirkt überheblich und arrogant. Ein Typ, der bei Thomas bereits in den ersten Minuten Aggressionen erzeugt. Er reißt sich zusammen und stellt seine Fragen: „Ist Ihnen bei Frau Wimmer in letzter Zeit etwas aufgefallen, hat sie sich verändert, mit jemandem Streit gehabt oder andere Probleme?“ Herr Magister Koller weiß so gut wie gar nichts über seine Mitarbeiterin, außer, dass die Umsätze von Frau Wimmer beachtlich waren und sie somit maßgeblich am Gewinn des Standortes in der Linzer Innenstadt beigetragen hat. Ob sie umsatzbeteiligt war? „Natürlich“, Magister Koller findet die Frage geradezu lächerlich. „Gab es Stammkunden, die regelmäßig zu ihr kamen?“, will Thomas noch wissen. Das wisse er nun wirklich nicht, meint Koller. Aber vielleicht wüssten das die Mitarbeiterinnen in der Damenabteilung.

Thomas verabschiedet sich und macht sich auf den Weg zu Sonja Wimmers Arbeitsplatz im zweiten Stock.

Drei Verkäuferinnen stehen eng beieinander und unterhalten sich aufgeregt, anscheinend sind sie bereits vom Geschäftsleiter informiert worden. „Wir wissen gar nicht, was wir sagen sollen“, stammelt eine der drei.

„Es tut mir leid wegen Frau Wimmer“, sagt Thomas höflich, „können Sie mir einige Fragen beantworten?“ Alle drei nicken.

„Wissen Sie, ob Sonja Wimmer Probleme mit irgendjemandem hatte? Einen Streit oder Ähnliches?“

„Nein, sicher nicht“, antwortet eine der drei, und die anderen beiden nicken. „Sie war bei allen beliebt und hatte einige Stammkundinnen“, ergänzt sie und wiederum nicken die beiden anderen.

Thomas zeigt ihnen das Foto von Sonja Wimmer und der unbekannten Frau: „Kennen Sie vielleicht diese Frau?“ Eine der drei Angestellten antwortet sofort: „Ja, das ist eine Stammkundin von Sonja. Sie kauft ausschließlich bei ihr ein und kommt auch nur, wenn sie da ist. Wenn sie da war ...“, verbessert sie sich gleich darauf. Den Namen kennen die drei Damen jedoch nicht.

Gerade als sich Thomas Moser verabschieden will, ruft eine von ihnen: „Vielleicht ist das Abendkleid der Dame noch in der Schneiderei! Sie hat es vor einigen Tagen gekauft, ich erinnere mich noch genau. Die Länge musste geändert werden und Frau Wimmer hat mich gebeten, die Schneiderin zu holen. Eigentlich müsste der Auftrag im Computer eingetragen sein. Ich werde gleich nachsehen.“ Thomas Moser schöpft Hoffnung, die Identität der Frau klären zu können. Und es ist so. Das Abendkleid befindet sich noch in der Schneiderei und es gehört einer Dr. Maria Heinrich. Eine Telefonnummer ist auch vorhanden. Thomas bedankt sich und verlässt das Geschäft. Zurück in seiner Dienststelle legt er Bezirksinspektor Peter Stradner den Zettel mit der Telefonnummer von Dr. Maria Heinrich auf den Schreibtisch: „Überprüfen! Das könnte sie sein. Auf jeden Fall muss sie ihre Freundin sein.“ Stradner nickt seinem Chef zu und hämmert auf die Tastatur seines Computers ein. Gleich darauf spuckt der Drucker die Daten von Maria Heinrich inklusive ihrer Firmenadresse aus. „Fahren wir!“ Chefinspektor Moser ist schon fast wieder draußen bei der Türe. Stradner läuft ihm nach.

Sie entscheiden sich, zuerst die Firmenadresse aufzusuchen, schließlich ist es früher Nachmittag, also anzunehmen, dass Dr. Heinrich in ihrer Firma anzutreffen ist. Die befindet sich in einem großen Bürogebäude im vorletzten Stockwerk. „Heinrich Unternehmensberatung“, steht an der Eingangstüre, an der sich auch eine Klingel befindet. Man kann also nicht einfach eintreten.

Nach kurzem Warten wird die Türe von einer jungen Frau geöffnet. Sie lächelt freundlich, vermutet potenzielle Kunden. Das stellt sich gleich darauf als Irrtum heraus. „Ich werde Frau Doktor Heinrich informieren.“ Sie eilt in eines der Büros. Gleich darauf steht Doktor Heinrich vor ihnen. Sie weiß es bereits. Das ist deutlich zu sehen. Sie geht in ihr Büro voraus, bietet ihnen Platz an. Thomas sieht sie fragend an: „Es scheint, als ob Sie bereits wüssten, was passiert ist?“ Maria Heinrich nickt. „Warum haben Sie nicht die Polizei informiert? Es ist Ihnen sicher bewusst, dass Sie sich verdächtig gemacht haben!“ Wieder nickt sie. Erst nach einer kurzen Pause beginnt sie zu sprechen, leise, sehr leise sagt sie: „Es war ein Unfall.“

Wieder eine Pause. Chefinspektor Moser wartet. Sie sagt nichts, er fragt nicht. Er weiß, dass man manchen Menschen einfach Zeit lassen muss. So hatte er in der Vergangenheit schon das eine oder andere Geständnis erhalten.

Maria Heinrich beschließt nun weiterzusprechen. „Ich habe das nicht gewollt. Das müssen Sie mir glauben. Wir haben trainiert und da ist es dann passiert." Wieder eine Pause. Jetzt muss Thomas nachfragen: „Was haben Sie trainiert?" „Tanzen, Rock 'n' Roll, eine Hebefigur. Ich habe sie fallen gelassen, konnte sie nicht halten. Sie ist mit dem Kopf auf die Kante der Kommode gefallen. Ich konnte nichts mehr für sie tun. Mit offenen Augen ist sie vor mir gelegen." Sie beginnt zu weinen. Thomas gibt Bezirksinspektor Peter Stradner ein Zeichen. „Wir müssen Sie mitnehmen. Bitte kommen Sie." Ohne jeden Widerstand verlassen sie mit ihr das Büro. Die Sekretärin starrt ihnen erschrocken nach. Dr. Heinrich sagt kein Wort zu ihr, schaut sie nicht einmal an.

Das Verhör in der Polizeidienststelle bringt wenig neue Erkenntnisse. Maria Heinrich bleibt bei ihrer Version, dass der Tod ihrer Freundin ein Unfall war. Sie gibt aber zu, dass sie Sonja Wimmer dann mit ihrem Auto in den Auwald gebracht und dort abgelegt hat. Warum sie das getan habe und warum sie nicht einen Arzt und die Polizei gerufen habe, will Chefinspektor Moser wissen. Da schüttelt Maria Heinrich nur stumm den Kopf. Es stellt sich heraus, dass sie verheiratet ist und ihr Mann bereits etwas von ihrer Beziehung zu Sonja Wimmer wusste.

„Hatten Sie vor, Sonja Wimmer zu heiraten?", fragt Bezirksinspektor Stradner. Sie nickt. Sie wollte bereits in den nächsten Tagen mit ihrem Mann sprechen und ihm mitteilen, dass sie sich scheiden lassen werde, fügt sie leise hinzu.

Das klingt alles sehr diffus. Thomas ist unschlüssig, was er davon glauben konnte.

Er muss sie festnehmen und die Staatsanwaltschaft informieren. Das Ergebnis der gerichtsmedizinischen Obduktion besagt nicht eindeutig, dass Sonja Wimmer durch einen Unfall zu Tode gekommen ist.

Maria Heinrich lässt sich widerstandslos festnehmen. Ihr Mann wird verständigt, er nimmt die Nachricht gefasst auf.

Von Minute zu Minute hat Thomas nun mehr das Gefühl, dass Maria Heinrich die Wahrheit sagt. Welches Motiv sollte sie haben, die Frau, die sie offensichtlich liebte, zu töten? Aber warum hatte sie Maria dann nach dem angeblichen Unfall aus der Wohnung gebracht und in dem entlegenen Auwald abgelegt? Eine Kurzschlusshandlung?

Der nächste Tag bringt einen Besuch des Anwaltes und kurz darauf die Freilassung von Maria Heinrich, da angeblich keine Fluchtgefahr besteht.

Maria schließt die Türe auf und betritt das Haus, das sie mit ihrem Mann bewohnt.

Er ist zu Hause. Der Fernseher läuft. Bekannte Stimmen, bekannte Musik.

Sie läuft ins Wohnzimmer, steht vor dem Fernsehgerät und sieht Sonja und sich beim Tanzen. Ausgelassen tanzen sie einen Rock 'n' Roll, Maria hebt Sonja in die Höhe.

Lässt sie fallen. Sie stürzt mit dem Hinterkopf auf die Kante der Kommode. Bleibt regungslos liegen. Hat die Augen geöffnet. Maria schüttelt sie, versucht verzweifelt, sie wiederzubeleben. Sie bricht in Tränen aus, kniet neben ihr und hält sie im Arm. Nach einigen Minuten hebt sie Sonja hoch und trägt sie ins Nebenzimmer. Der Bildschirm wird schwarz. Der Film ist zu Ende.

Fassungslos dreht sich Maria um. Ihr Mann sitzt auf der Wohnzimmercouch, ein Weinglas steht vor ihm. In der rechten Hand hält er eine Pistole. Er lächelt: „Das ist die einzige Aufnahme und ich werde sie jetzt vernichten. Niemand wird dir glauben, dass es ein Unfall war. Sie werden dich wegen Mordes, oder zumindest wegen Totschlags anklagen. Im Gefängnis kannst du dann an sie denken, so viel du willst."

„Wie hast du das gemacht? Uns gefilmt?" Sie kann es nicht glauben. Er lacht: „Ihr seid zu beschäftigt gewesen, um die Kamera zu entdecken und du warst so unvorsichtig und hast den Schlüssel für die Wohnung in deinem Schreibtisch hier im Haus versteckt. Es war sehr einfach. Auch die Kamera wieder abzubauen war sehr einfach. Sie war ja schließlich schon tot und du hast sie auch noch aus dem Haus geschafft. Dafür bin ich dir wirklich dankbar."

Während er die Pistole auf sie richtet, nimmt er den Laptop, der mit einem Kabel mit dem Fernseher verbunden ist und löscht die Datei. Maria fällt ein, dass die Polizei Experten hat, die Dateien und ganze Festplatten wiederherstellen können. Das ist ihre Chance. Sie atmet auf.

Da wirft er ihr Handschellen hin. „Los, festmachen, an der Heizung. Sonst überlebst du den heutigen Tag nicht. Ich werde sagen, dass ich hinter dein Verhältnis gekommen bin und da wolltest du auch mich umbringen. Ich musste mich verteidigen und habe dich in Notwehr erschossen. Du siehst, du kannst es dir aussuchen."

Maria nimmt die Handschellen und fixiert sich selbst damit an der Heizung.

Zufrieden kontrolliert er, ob sie sich auch nicht befreien kann und verlässt mit dem Laptop den Raum. Es dauert ungefähr eine Stunde, dann kommt er wieder, lächelt zufrieden und befreit sie: „So, nun kannst du zur Polizei gehen und deine Geschichte erzählen. Ich muss jetzt zu einem Termin. Mein Anwalt wartet bereits, die Scheidungspapiere sind in Kürze fertig."

Maria steigt zitternd in ihr Auto und fährt zu ihrem Anwalt, gemeinsam gehen sie zur Polizei, verlangen nach Chefinspektor Thomas Moser. Der hat sofort Zeit und hört sich die Geschichte an.

Eine Hausdurchsuchung wird angeordnet, der Ehemann wird einvernommen und streitet alles ab.

Der Laptop, die Kamera und die Pistole werden nicht gefunden. Keine Beweise.

★

Es ist bereits Winter. Der letzte Prozesstag hat begonnen, das Urteil für Dr. Maria Heinrich wird noch heute erwartet.

Es lautet: „Fünf Jahre unbedingte Haft für den Totschlag an Sonja Wimmer".

NOBIS

SCHÖNES WOCHENENDE

Barbara öffnete die Ladentüre und ließ die frische klare Frühlingsluft ins Innere des Geschäftes.

Endlich war der Winter zu Ende. Sie hasste den Schnee, die Kälte und die Finsternis. Alles war trüb im Winter. Manchmal sogar ihre Stimmung. Sie zählte die Tage, bis es wieder Frühling werden würde. Im Winter waren ihre Ideen spärlich. Aber spätestens im März war alles wieder in Ordnung.

„Braun's Änderungsschneiderei", das Messingschild glänzte in der Frühlingssonne. Es kribbelte in ihren Fingern. Die Ideen kamen zurück.

Sie ging wieder ins Haus, in die kleine Werkstatt. Bernd saß bereits an der Nähmaschine. Ein lächerlicher Auftrag. Eine alte Herrenhose enger nähen. Der Aufwand, den er damit hatte, war wesentlich höher, als die Rechnung, die er dem Kunden stellen konnte. Gutes Handwerk wurde heute nicht mehr bezahlt. Wenn eine Reparatur zu teuer war, wurde das Kleidungsstück weggeworfen und ein neues gekauft. Oftmals wurde gar nicht an eine Reparatur gedacht und das vielleicht noch gute Stück sofort entsorgt. Die Billigketten förderten diesen Trend.

Barbara lächelte ihm zu. „Kaffee?" fragte sie sanft. Bernd nickte. In einer Stunde würde er diese unsägliche Hose fertig genäht haben. Und dann würde er an seinen Computer gehen und einige Seiten korrigieren. Das war wesentlich spannender als Nähen.

„Braun's Änderungsschneiderei" gab es bereits seit vierzig Jahren, ein Familienunternehmen, in zweiter Generation. Bernds Mutter hatte das Geschäft gegründet und es dann nach vielen Jahren ihrem Sohn und der ungeliebten Schwiegertochter übergeben.

Barbara, eben diese Schwiegertochter, eigentlich Buchhalterin von Beruf, war in ihren Augen faul und hatte zwei linke Hände, konnte nicht einmal eine Naht ohne Nähmaschine setzen.

Das war sehr ungerecht, fand Barbara. Sie war zwar kein besonderes Talent, was die Schneiderei betraf, aber schließlich hatte sie die Matura und eine Ausbildung zur Bilanzbuchhalterin gemacht.

Bernd hatte das Schneiderhandwerk erlernt, seine Meisterprüfung gemacht und bei der Mutter gearbeitet, bis diese endlich in den Ruhestand ging. Da brauchte Bernd Hilfe. Das Geld reichte nicht für eine Angestellte, also half Barbara aus. Sie ging ihm zur Hand, erledigte kleinere Reparaturarbeiten und hielt das Geschäft in Schuss.

Die Mutter lebte dann nicht mehr lange, stürzte eines Tages über die Kellertreppe und war tot.

Die Treppe war an diesem Tag noch nass vom Putzen. Barbara hatte sie gerade mit einem Mittel poliert, das besonders viel Glanz versprach. Die Arbeit hatte ihr an diesem Tag außerordentlich viel Spaß gemacht.

Es wurde alles leichter, als die Schwiegermutter plötzlich nicht mehr da war. Wieder Ideen für ein neues E-Book. Wieder eines, das sich unglaublich schnell und gut verkaufte. Viel Geld brachte. Immer wenn sich irgendwo ein undurchsichtiger Unfall ereignete, war der Computer Tag und Nacht in Betrieb.

Und da war ja auch noch die Änderungsschneiderei, die ihrem Leben einen bescheidenen, seriösen Eindruck verlieh.

Ein paar Aufträge waren hereingekommen. Änderungen, die sie in ein paar Tagen erledigt haben würden. Ausbesserungsarbeiten an einem Mantel und ein paar Kleinigkeiten. Die Einnahmen dafür würden überschaubar sein.

Heute war Montag, knappe fünf Tage, dann war wieder Wochenende. Irgendwie würde die Zeit vergehen, die Abende waren sowieso verplant. Jeder hatte seine Aufgabe. Nicht nur in der Änderungsschneiderei waren sie ein eingespieltes Team. Auch an den Abenden. Alles genau eingeteilt. Wer was zu tun hatte. Mit einem genauen Zeitplan. Und sie hielten sich daran. Meistens. Außer es kam etwas Unvorhergesehenes dazwischen. So wie gestern. Ein Anruf aus heiterem Himmel. Eine alte Schulfreundin. Barbara hatte sie eigentlich schon vergessen. Wurde von ihr aber daran erinnert, dass sie vereinbart hatten, sich irgendwann einmal zu treffen. Henriette war zu Besuch bei ihren Eltern in Linz. Sie selbst lebte seit Jahren in Deutschland, auf der Insel Sylt. Hatte reich geheiratet und bewegte sich in der sogenannten besseren Gesellschaft. Gearbeitet hatte sie nach der Matura nur kurze Zeit, war auf Urlaub nach Sylt gefahren und hatte ihren Mann kennengelernt. Barbara hatte wenig Lust, sie zu treffen, wollte aber auch nicht unhöflich sein.

Und vielleicht konnte das Treffen auch irgendwie von Nutzen sein. Schließlich war man ja immer auf der Suche nach Ideen. Und sie standen gerade wieder am Anfang, brauchten unbedingt einen zündenden Funken. Einen Start, der es in sich hatte. Und die Ideen waren schließlich ihre Sache. Bernd war dann für die Recherche und das Zusammentragen von Informationen zuständig. Und für die vielen Korrekturen, die dann noch notwendig waren. Er war ihr Assistent, auch wenn er das heftig bestritt. Für ihn waren sie gleichberechtigte Partner.

Das war seine Bedingung. Immerhin war er doch der Initiator ihrer Sache gewesen. Sie wäre wahrscheinlich niemals auf so eine Idee gekommen. Das betonte er immer dann, wenn sie ihn wieder auf seine fehlende Fantasie hinwies. Was sie aber nur tat, wenn sie sich stritten. Und das kam doch eher selten vor. Meist waren sie sich einig. Sie brauchten sich gegenseitig. Keiner konnte das alles ohne den anderen tun.

★

Henriette war schon da. Elegant, in einem kurzen auffallenden Designermäntelchen saß sie am Fenster und lächelte. „Barbara, meine Liebe! Ich freue mich so, dich zu treffen. Wie geht es dir?“ Barbara kam sich klein und armselig vor. Neben dieser Diva. Doch sie ließ sich nichts anmerken. „Hallo, Henriette! Gut siehst du aus!“ Henriette lächelte huldvoll und blickte an Barbara herab. Und die bekam augenblicklich eine Gänsehaut. Nichts war mehr übrig von der alten Freundschaft. Überheblich war sie, diese Lady aus Sylt. Dabei stammte sie aus kleinen Verhältnissen, der Vater Arbeiter in einer Fabrik, die Mutter Verkäuferin in einem Lebensmittelgeschäft.

Henriette war ein schüchternes Mädchen gewesen. Und sehr ruhig und vorsichtig. Darum hatten sie sich so gut verstanden, Barbara und sie. Beide waren zurückhaltend und konnten mit den lauten Klassenkameraden so gar nichts anfangen. Einige Jahre waren sie beste Freundinnen gewesen. Bis Henriette begann, sich andere Freunde zu suchen. Barbara hatte das mit Besorgnis beobachtet. Ihre Freundin wurde ihr fremd. Bis sie schließlich nur noch wenig Kontakt hatten. Und dann fuhr Henriette nach Sylt, kam kurz darauf noch einmal nach Linz zurück, aber nur um ihr Hab und Gut zu holen.

Sie hatte einen wohlhabenden Mann kennengelernt und wusste ihre Chance zu nutzen. Vor ein paar Monaten hatten sich Barbara und Henriette dann zufällig in Hamburg getroffen. Henriette wollte Barbara unbedingt wiedersehen, und da sie in Kürze ihre Eltern in Linz besuchen würde, könnte man sich ja dort treffen.

Barbara hatte wenig Lust darauf, aber um Henriette möglichst schnell loszuwerden, hatte sie zugestimmt. Sie hatte eigentlich das Wochenende mit Bernd zusammen verbringen wollen und mit neuen Ideen nach Hause kommen. Und sie rechnete nicht damit, dass sich Henriette bei ihr melden würde, sollte sie nach Linz kommen.

Doch nun war es anders gekommen. Sie saß mit dieser arroganten Frau in dem schönen alten Kaffeehaus in der Linzer Innenstadt und fragte sich, was sie hier eigentlich machte.

Wohl fühlte sie sich in der Gesellschaft von Henriette wirklich nicht. Und die fing jetzt auch noch an, ihr Tipps für ihr Äußeres zu geben. „Gehst du eigentlich zur Kosmetikerin? Oder machst du das selbst?" Barbara hörte den Unterton und ärgerte sich augenblicklich über diese Unverschämtheit. Und Henriette legte gleich noch nach. „Wohnt ihr noch immer in dem alten Haus? Oder habt ihr inzwischen etwas Komfortableres gefunden?" „Wir wohnen noch immer in unserem Haus in der Stadt. Wir fühlen uns dort sehr wohl", antwortete Barbara fast aggressiv. Henriette überhörte das und quatschte einfach weiter. Wie toll es auf Sylt sei und welche Reichtümer ihr Mann inzwischen angehäuft hatte. Barbara wollte so schnell als möglich weg von hier. Das Ganze ging ihr bereits unglaublich auf die Nerven. „Ich muss jetzt leider gehen. Bernd wartet auf mich, wir müssen noch eine Auftragsarbeit fertigstellen", log sie. „Oh, wie schade. Aber du musst mich noch zum Ars Electronica Center begleiten. Ich möchte es zumindest noch von außen sehen. Schließlich ist Linz meine Heimatstadt und ich war noch nie im AEC, so nennt ihr es doch?“ Barbara hatte absolut keine Lust mit Henriette dorthin zu gehen. Trotzdem stimmte sie zu. Warum wusste sie selbst nicht. So als ob ihr eine innere Stimme zugeflüstert hätte, dass sie das jetzt noch tun sollte, damit sie diese schreckliche Frau endlich loswerden würde.

Sie marschierten los. Henriette in ihren hochhackigen Stiefeln, das Mäntelchen eng um die zarte Taille gewickelt und ununterbrochen quatschend. Barbara in ihren bequemen Schuhen und einer unauffälligen dunklen Steppjacke. Als sie die Nibelungenbrücke erreicht hatten, blieb Henriette unvermittelt stehen. Sie starrte ungläubig auf das Farbenspiel am anderen Ende der Brücke. Das Ars Electronica Center leuchtete gerade in Pink. In Kürze würde ein grüner Ton erscheinen. Ein Wechselspiel an Licht und Farbe.

Für diejenigen, die das zum ersten Mal sahen, war es besonders beeindruckend, aber auch Barbara war immer wieder fasziniert davon. Die Donau unter ihnen und gegenüber das AEC in seiner ganzen Pracht. „Unglaublich“, stieß Henriette hervor. „Ja, wirklich unglaublich“, bemerkte Barbara spöttisch. Wenn sich Henriette etwas mehr um ihre Eltern kümmern würde, hätte sie das bereits vor Jahren gesehen. Das AEC gab es schon eine ganze Weile. „Wirklich beeindruckend.“ Henriette starrte noch immer auf die leuchtende Kulisse. „Wir müssen jetzt weiter“, drängte Barbara. Sie wollte das Treffen so schnell wie möglich beenden und nicht auch noch Fremdenführerin spielen.

Widerwillig folgte ihr Henriette und plapperte andauernd irgendetwas Sinnloses vor sich hin.

Sie waren am anderen Ende der Nibelungenbrücke angekommen. Zum Glück hatte das AEC schon geschlossen, ansonsten würde Henriette auch noch auf eine Besichtigung bestehen. „Was ist das für eine Treppe?" Sie blickte die Stufen nach oben. „Die Treppe ist Teil des AEC und wird für Veranstaltungen genutzt. Im Sommer sitzen die Leute hier aber auch einfach nur so auf den Stufen. Ist irgendwie auch so ein Treffpunkt für junge Leute", antwortete Barbara. „Da will ich rauf!" Henriette war putzmunter. Barbara schaute sie ungläubig an. Der Abend war also noch nicht zu Ende.

Kein Mensch war zu sehen. Sie waren allein auf dieser endlos langen, hohen Treppe. Sie stiegen die Stufen hinauf, viel zu schnell für zwei Frauen, die mit Sport nicht viel am Hut hatten. Außer Atem kamen sie oben an. Henriette lachte. Worüber war Barbara ein Rätsel. Da standen sie nun ganz oben, schnaufend und verschwitzt und diese unmögliche Frau lachte lauthals. Barbara stand jetzt dicht neben ihr. Henriettes Parfum stieg ihr in die Nase. Widerlich. So wie die ganze Person, die einmal ihre beste Freundin gewesen war. Vor sehr langer Zeit.

Sie musste sich konzentrieren. Tief einatmen. Ein kleiner Schritt nach vorne.

Es ging so schnell, dass Henriette gar nicht reagieren konnte. Keinerlei Gegenwehr. Es war ganz leicht. In hohem Bogen fiel ihr Körper über die Treppe. Mit einem äußerst unangenehmen Geräusch schlug Henriette unten auf.

Barbara blickte ihr nach.

Dann drehte sie sich nach allen Seiten um. Sie war allein. Vollkommen. Alles menschenleer. Langsam und vorsichtig stieg sie die Treppe nach unten. Ohne sich zu Henriette hinunter zu beugen, ging sie an ihr vorbei. Schlenderte ruhig in Richtung Urfahraner Jahrmarktgelände und nicht zur Nibelungenbrücke, wo sie vielleicht jemand hätte sehen können. Sie ging einige Minuten die Donau entlang, dann zog sie ihr Handy aus der Tasche und rief Bernd an: „Du musst mich abholen. Ich warte an der Stelle, wo früher die Eisenbahnbrücke war." Nach einigen Minuten war er da. Barbara stieg zu ihm ins Auto. Strahlend sah sie Bernd in die Augen: „Wir haben wieder etwas. Es wird ein großartiger Roman. Du wirst sehen." Bernd lächelte zufrieden.

★

Es war wieder Freitag geworden. Sie stiegen ins Auto und fuhren hinaus aus der Stadt. Den Berg hinauf und einige Kurven, dann waren sie angekommen. Das automatische Tor öffnete sich und gab den Blick auf eine Villa frei.

Bernd fuhr durch den Park bis zur Eingangstüre heran. Barbara stieg aus und gab den Code auf dem Display neben der Türe ein. Drinnen angekommen, lächelte sie Bernd an:

„Es ist doch jedes Wochenende wieder schön, nach Hause zu kommen!"

DIE FRAU AUS AFRIKA

Johann war bei allen Kollegen beliebt. War stets korrekt und immer freundlich. Ulrike war die Frau seines Lebens und die Mutter seiner Kinder. Seine Ehe war gut, das Familienleben harmonisch. In seiner Firma hatte er es zum Abteilungsleiter gebracht. Ulrike war Kosmetikerin mit eigenem Geschäft. Finanziell ging es ihnen gut. Die Kinder besuchten eine höhere Schule und lernten gut. Jedes Jahr machten sie zweimal Urlaub. Im Winter ging es zum Schifahren in die Alpen, im Sommer für zwei Wochen nach Italien, Griechenland oder Spanien. Das selbst gebaute Haus war bereits schuldenfrei. Sie hatten Freunde und nahmen am gesellschaftlichen Leben teil.

★

Silvia war eine gutaussehende Frau. Alleinstehend. Nicht reich, aber genug zum Leben. Dolmetscherin mit eigenem Übersetzungsbüro. Konnte sich ihre Zeit frei einteilen. Sie lebte zurückgezogen, ging kaum aus und verbrachte ihre Freizeit meist zu Hause. Manchmal ging sie spazieren oder ins Kino. Den Urlaub verbrachte sie stets im Salzkammergut, Sommerfrische am Attersee. Ins Ausland fuhr sie nicht mehr. Sie verspürte kein Fernweh. Als Dialysepatientin schätzte sie die Nähe eines gut ausgestatteten Krankenhauses.

Vor zwei Jahren war sie nach Linz gezogen, hatte früher in Wien gelebt. Hier gefiel es ihr besser, die Stadt war kleiner, gemütlicher und überschaubarer. Aufträge kamen reichlich, es gab hier nur wenige Übersetzungsbüros, also kaum Konkurrenz. Besonders ihre Kenntnisse in Bezug auf afrikanische Sprachen waren gefragt.

Ihre Einkäufe erledigte sie meist in der Umgebung, weite Autofahrten mochte sie nicht.

Sie hatte sich bereits vor längerer Zeit vorgenommen, eine gute Kosmetikerin aufzusuchen. Nun hatte sie das passende Institut gefunden und einen Termin vereinbart. Die Chefin persönlich begrüßte sie und überreichte ihr einen Willkommensgutschein über zwanzig Euro. „Ich heiße Ulrike Mahler! Herzlich willkommen in meinem Salon!“ Silvia lächelte: „Vielen Dank. Ich hätte gerne eine Intensivreinigung und etwas gegen meine Falten.“ „Gerne! Aber von Falten kann man bei Ihnen noch nicht sprechen. Sehr schöne, gepflegte Haut. Und so schlank.“ Silvia nickte. Kein Wunder. Die Dialyse kostete viel Kraft, das hielt schlank. Nach zwei Stunden war Ulrike mit ihrer Arbeit fertig und Silvia sehr zufrieden. Sie zahlte und ging. So etwas würde sie sich nun öfter gönnen. Die Kosmetikerin war sehr diskret. Keinerlei Fragen nach den Narben am Haaransatz. Obwohl das sehr nach einer großen Operation aussah.

Silvia berührte die Narben und erinnerte sich daran, wie sie entstanden waren.

In der folgenden Nacht schlief sie schlecht. Ihr Körper schmerzte und morgen musste sie wieder zur Dialyse.

★

Johann holte seine Frau von ihrem Geschäft ab. Er wollte wissen, ob sie heute gut verdient hätte. „Jawohl“, antwortete Ulrike. Eine neue Kundin habe sie auch gewinnen können. Eine, bei der wahrscheinlich ein umfassendes Facelift gemacht worden war und sicher noch so einiges. Obwohl sie wahrscheinlich auch vorher sehr hübsch gewesen war. Johann schüttelte den Kopf. Er verstand nicht, dass sich jemand für die Schönheit operieren ließ. Ulrike hatte das nicht nötig. Er freute sich über seine attraktive Frau. Das Leben hatte es gut mit ihm gemeint.

In den nächsten Tagen leistete sich Silvia einen teuren Friseur. Einen, der in der Innenstadt die Prominenten von Linz bediente und auch bei diversen Events in Erscheinung trat.

Der Haarschnitt war teuer und der Friseur diskret. Keine Bemerkung über die Narben. Sie war zufrieden.

Die Geschäfte gingen gut, sie erhielt laufend Aufträge, die Geld brachten. Der Friseur und die Kosmetikerin würden zur Dauereinrichtung in ihrem Leben werden.

★

Johann besuchte seine Frau in ihrem Geschäft. Eine Kundin lag in der Kabine, Ulrike hatte daher keine Zeit für ihn. Sie flüsterte ihm zu, dass dies die neue Kundin mit dem Facelift sei. Johann rief „Guten Tag“ in Richtung der Kabine und verließ den Salon. Silvia erwiderte seinen Gruß.

Ulrike freute sich über ihre neue Kundin, die ihr nun regelmäßig einiges an Geld einbrachte. Allmählich wurden ihre Gespräche während der Behandlungen vertrauter. Fast freundschaftlich. Sie dachten ähnlich und stimmten in vielem überein. Eines Tages trafen sie sich außerhalb des Geschäftes in einem Café. Das war für beide sehr erfreulich und so beschlossen sie, das nun öfter zu tun.

Silvia, die vor vielen Jahren das letzte Mal mit jemandem befreundet gewesen war, stellte verwundert fest, wie viel sie mit Ulrike gemeinsam hatte. Von ihrer Vergangenheit erzählte sie ihr nichts.

Ulrike meinte, Silvia müsse nun endlich ihren Mann kennenlernen. Sie würden sich bestimmt gut verstehen.

An der Decke hing ein Ventilator, der sich geräuschvoll drehte. Die Hitze war unerträglich. Und die Schmerzen. Jede Stelle ihres Körpers tat weh. Silvia versuchte sich aufzurichten, was ihr jedoch unmöglich war. Sie öffnete die Augen und sah sich um. Eine Reihe von Menschen in Krankenbetten. Mindestens zehn. Niemand sprach ein Wort. Silvia versuchte sich weiter zu erinnern.

Robert und sie waren in einem Mietwagen unterwegs gewesen. Die Landschaft war wunderschön und sie suchten nach einer Unterkunft für die Nacht. Sie waren glücklich, konnten das Wochenende gemeinsam verbringen. Robert hatte seine Geschäfte in dieser Woche erfolgreich abschließen können. Alles lief gut.

Silvia war für ein halbes Jahr bei einer Hilfsorganisation tätig. Für sehr wenig Geld.

Das war ihr Beitrag zur Entwicklungshilfe. Übersetzungsarbeiten für österreichische Mediziner, die hier in Afrika arbeiteten. Die Zeit war bald um. In drei Wochen würde sie nach Österreich zurückkehren. Dorthin wo auch Robert die meiste Zeit des Jahres verbrachte. Zwei Österreicher, die sich in Afrika kennengelernt hatten. Robert, der Kärntner, Silvia, die Wienerin.

★

Sie wusste nicht, wie sie in dieses Krankenhaus gekommen war. Das letzte, woran sie sich erinnern konnte, war die Autofahrt mit Robert.

Sie schloss die Augen und hoffte, dass die Erinnerung wiederkommen würde. Wieder schlief sie ein und wurde geweckt, als sich ein Arzt, offensichtlich ein Europäer, an ihr Bett setzte. Er erklärte ihr, dass man sie weit außerhalb der Stadt schwer verletzt aufgefunden hatte. Allein. Sie saß am Beifahrersitz eines vollkommen zertrümmerten

Autos. Offensichtlich ein Unfall. Von einem Mann keine Spur. Auch keine Reisetasche von ihm. Nur ihr Gepäck war noch im Wagen. Man brachte sie ins nächstgelegene Krankenhaus, das für afrikanische Verhältnisse gut ausgestattet war. Ihre Verletzungen waren sehr schwer, sie hatte mindestens zwölf Stunden im Auto gelegen. Mehrere Knochenbrüche, Schnittverletzungen im Gesicht und am Kopf und eine beginnende Blutvergiftung wurden festgestellt. Ihre Nieren versagten in den darauffolgenden Tagen. Eine Dialyse erhielt sie am Leben. Wäre sie früher gefunden worden, hätte man ihre Nieren vermutlich retten können.

Transportfähig war sie noch nicht.

Man hatte versucht, ihren Begleiter zu finden. Ohne Erfolg. Nirgends in der Umgebung war ein Europäer aufgetaucht. Die örtliche Polizei hatte keinen Hinweis auf den Mann finden können.

Er musste den Wagen gefahren haben, der Schlüssel steckte noch. Durch den Ausweis der Hilfsorganisation in Silvias Tasche konnte ihr Arbeitgeber verständigt werden. Ihr Chef hatte sie bereits besucht, da sie jedoch eine Woche im Koma gelegen war, hatte sie davon nichts mitbekommen.

Verzweiflung machte sich nun in ihr breit, sie hatte Angst, Robert könnte etwas Schlimmes zugestoßen sein. Er könnte entführt worden oder irgendwo in der Wildnis gestorben sein.

Ihre Amnesie würde sich wahrscheinlich zurückbilden, machte ihr der Arzt Hoffnung.

Er hatte recht behalten. Nach fünf Tagen erinnerte sich Silvia daran, dass sie mit dem Mietwagen auf der schlechten Fahrbahn ins Schleudern gekommen und über eine

Böschung gestürzt waren. Sie wurde eingeklemmt und konnte sich nicht selbst aus dem Auto befreien. Das Letzte was sie gesehen hatte, war Robert, der seine Reisetasche nahm und einfach wegging. Er sah beinahe unverletzt aus, nur eine Wunde an der Stirn, sonst nichts. Dann setzte ihre Erinnerung aus, bis sie in diesem Krankenhaus aufgewacht war.

Dort verbrachte sie zwei lange Monate, bis sie soweit genesen war, um zurück nach Österreich zu fliegen. Zu Hause angekommen, musste sie sofort wieder zur Dialyse. Das blieb bis heute so. Dreimal pro Woche und einige gesundheitliche Einschränkungen.

Von Robert hatte sie nie mehr etwas gehört. Obwohl sie intensiv und verzweifelt versucht hatte, ihn zu finden.

Aber er war in Österreich nicht gemeldet. Auch in dem Hotel in Afrika, in dem er auf seinen Geschäftsreisen stets wohnte, forschte sie nach. Aber man sagte ihr nur, dass er bereits vor längerer Zeit abgereist wäre. Die Adresse, die er angegeben hatte, existierte in Österreich nicht.

Sie fand sich schließlich damit ab und versuchte, die Vergangenheit zu vergessen. Um gänzlich neu anzufangen, zog sie vor einem Jahr nach Linz.

★

Sie hatte Blumen für Ulrike und eine Flasche Wein für ihren Mann besorgt. Auf ihr Klingeln öffnete eines der Kinder. Silvia wurde freundlich begrüßt und ins Haus begleitet. Dann standen Ulrike und Robert vor ihr. Das Lächeln auf Silvias Gesicht erstarb.

Ulrike begrüßte sie verwirrt und fragte, ob sie sich vielleicht nicht wohl fühle. Robert reichte ihr die Hand und sah ihr nichtsahnend ins Gesicht.

Erkannte er sie nicht?

Sieben Jahren waren vergangen, viele Operationen lagen dazwischen, eine neue Haarfarbe und Frisur, sowie zehn Kilogramm Körpergewicht weniger. Kein Zeichen der Erinnerung war in seinem Gesicht. Sie saßen am Esstisch und Ulrike servierte die Vorspeise. Robert verwickelte Silvia in ein Gespräch und fragte sie, warum sie nach Linz gezogen war. Sie log, dass sie hier bessere berufliche Chancen erwartet und sich daher hier niedergelassen hatte. Sie war sehr bedacht darauf, sich nichts anmerken zu lassen, was ihr jedoch sehr schwerfiel. Zum Abschied bedankte sie sich bei ihren Gastgebern und verließ das Haus. Aufgewühlt und verwirrt fand sie in dieser Nacht keinen Schlaf. Sieben Jahre lang hatte sie versucht, Robert und was er ihr angetan hatte, zu vergessen. Und jetzt stand er plötzlich vor ihr und erkannte sie nicht. Schließich gestand sie sich ein, dass es noch schlimmer gewesen wäre, hätte er sie erkannt und eine Lüge aufgetischt. Offensichtlich war er bereits mit Ulrike verheiratet gewesen, als sie in Afrika einige schöne Monate zusammen verbracht hatten. Das Alter der Kinder machte das offensichtlich. Der Unfall war dann scheinbar eine willkommene Gelegenheit gewesen sie loszuwerden. Bestimmt hatte er nicht damit gerechnet, dass sie überlebt haben könnte.

In den nächsten Wochen kam sie nicht ins Kosmetikstudio von Ulrike Mahler, die immer wieder versuchte, sie zu treffen und ihr versicherte, dass es ihr nicht um sie als Kundin, sondern um ihre Freundschaft ging. Silvia fand reichlich Ausreden, auf keinen Fall konnte sie nochmals ins Haus der beiden gehen. Und auch mit Ulrike wollte sie keinen Kontakt mehr. Sie vertröstete ihre neue Freundin, die sich schließlich ebenfalls zurückzog, ohne zu ahnen, woher die Ablehnung von Silvia kam.

Die alten seelischen Wunden waren wieder aufgebrochen und sie verspürte eine starke Wut auf den Mann, der ihr das angetan hatte. Nach einigen Wochen hatte sie genug gelitten. Sie wollte ihn treffen und ihm sagen, wer sie war.

Sie fand heraus wo er arbeitete, rief ihn dort an und schlug ihm ein Treffen vor.

Er war sprachlos und erst nach einer kurzen Pause, in der sie ihn schwer atmen hörte, stimmte er zu.

Sie hatte ihn zu sich nach Hause eingeladen, dort fühlte sie sich sicher und war bereit, ihm gegenüberzutreten, um für alle Zeit mit dem dunkelsten Kapitel ihres Lebens abzuschließen.

Er stand vor der Türe. Bleich im Gesicht. Berichtete ihr, dass er sich erst, als sie angerufen hatte, sicher war, wer sie war. An dem Abend ihres Wiedersehens hatte er es zwar geahnt, wollte es jedoch nicht wahrhaben. Seine Unbekümmertheit war also gespielt gewesen.

Er fragte, was sie von ihm wolle. Geld? „Kein Geld“, erwiderte Silvia und machte einen Schritt auf ihn zu. Auf der Dachterrasse ihrer Wohnung spiegelte sich das Licht. Sie sah ihm in die Augen: „Warum?“ Er zuckte mit den Schultern: „Angst? Ich war bereits verheiratet. Es war schwierig für mich. Du musst es verstehen ...“ Sie nickte: „Ich verstehe.“ Sanft lehnte sie sich an ihn. Er stand am Geländer der Terrasse. Ein gezielter Stoß und er schwankte nach hinten. Gleich würde er fallen. Aber nicht, ohne sie schnell an sich zu ziehen und mit ihr gemeinsam in die Tiefe zu stürzen.

Andrea Fürthaller, Jahrgang 1965, lebt mit ihrer Familie an der Stadtgrenze von Linz. Sie schreibt bereits seit ihrer Jugend, auch unter anderem Namen. Obwohl schon in jungen Jahren eine ihrer Geschichten ausgezeichnet und eine weitere veröffentlicht wurde, entschied sie sich für einen anderen beruflichen Weg und arbeitet nun seit vielen Jahren, und sehr gerne, in einem großen Krankenhaus in Linz.

Ihre Freizeit verbringt sie regelmäßig mit Notizbuch, Laptop und dem Schreiben. Sie ist Absolventin des sechssemestrigen Lehrganges der Studien- und Beratungsstelle für Kinder- und Jugendliteratur in Wien.

Für „MÖRDERISCHES LINZ", ein Buch für Erwachsene, hat sie Schauplätze ihrer Heimatstadt Linz ausgewählt.